光と風の国で

お江戸甘味処　谷中はつねや

倉阪鬼一郎

幻冬舎時代小説文庫

光と風の国で
お江戸甘味処　谷中はつねや

目次

第一章　正月の汁粉

一

明けて嘉永《かえい》五年（一八五二）になった。

谷中《やなか》の天王寺《てんのうじ》に近い路地にのれんを出しているはつねやの正月は、それまでの年とは趣が違った。

それもそのはず、あるじの音松《おとまつ》が江戸で過ごせる日はあと十日しかなかった。今月の十日には江戸を発《た》って旅に出なければならない。

行き先は、遠く離れた紀州《きしゅう》だ。縁ができた紀伊《きい》玉浦《たまうら》藩に赴き、半年ほど滞在して、紀州の特産品を活かした菓子をつくらねばならない。

藩主の松平伊豆守宗高《まつだいらいずのかみむねたか》は江戸育ちの定府《じょうふ》大名で、よろずの趣味にも通じた快男児だ。江戸の菓子職人が競い合った腕くらべでは判じ役をつとめ、のちに催された菓子の見本市にもお忍びで顔を出していた。

上野黒門町《うえのくろもんちょう》の老舗、花月堂《かげつどう》で菓子づくりの修業をし、あるじの三代目音吉《おときち》の薫陶《くんとう》を受けた音松は、縁あって結ばれた女房のおはつとともに谷中にのれんを出した。

甘味処　はつねや

品のいいほっこりする字で、鶯色《うぐいすいろ》ののれんに見世の名が染め抜かれている。

菓子屋だが甘味処を兼ねており、広くはないが見世の座敷や、見世の前に置かれた長床几《ながしょうぎ》でも菓子と茶を味わうことができる。

のれんを出した当初は閑古鳥が鳴いており、おまけに同じ谷中の菓子屋から露骨な嫌がらせを受けたりしてずいぶんと難儀をさせられたが、紆余曲折を経てあきないの帆はだんだんにいい風を孕《はら》んできた。

音松が菓子の腕くらべに出て健闘し、名をあげたこともあり、客は見世を開いた初めごろより格段に増えた。ありがたい常連客もいくたりもついた。

二人のあいだにできた娘のおなみは、幸いにも順調に育ってくれた。早いもので満なら二歳を超え、言葉の数もだんだんに増えてきた。

はつねやに居着いて飼うことになったきなこという猫と大の仲良しで、いつも一緒に昼寝をしている。きなこは雌だから、今年の春には子を産みそうだ。

大切な家族や常連客を江戸に残して旅に出ることになるが、音松にとってみれば、このたびの頼まれごとは菓子職人として大いに意気に感じるものだった。

江戸の菓子職人は、ほかにも多士済々だ。腕くらべで勝ちを収め、紀伊玉浦藩の御用達《ごようたし》になった鶴亀堂《つるかめどう》の文吉《ぶんきち》などの名人がいる。

さりながら、年季を積んだ老舗のあるじに見世を離れて紀州へ行けとは言えない。そこで、まだ若くて腕の立つ音松に白羽の矢が立ったのだった。

さまざまな銘菓をつくらせた松江《まつえ》藩主、松平不昧公《まつだいらふまいこう》の驥尾《きび》に付して、同じ姓の松平伊豆守が案じた大きな企てだ。

はつねやの若きあるじが意気に感じるのも当然のことだった。

二

「なら、行ってきます」

音松が右手を挙げた。

「きしゅうへ？」

おなみがあいまいな表情でたずねた。

「まだよ。十日だから」

おはつが両手の指を開いた。

「今日は黒門町の花月堂へ年始のあいさつだ。うちと違って元日から開いてるから」

音松が言った。

「ばんとうさんのとこ？」

おなみが無邪気に問うた。

花月堂の番頭の喜作《きさく》は、はつねやを気にかけて折にふれてのれんをくぐってくれるからおなみも顔なじみだ。

「そうね。番頭さんの見世じゃないけど」

おはつは笑みを浮かべた。

「いい子にしてるんだぞ。早めに帰るから」

音松は言った。

「うん」

おなみは元気よくうなずいた。

花月堂の前には列ができていた。

さすがは老舗の新年だ。初詣の帰りに手土産として買っていく客が多い。

銘菓がいろいろある花月堂だが、正月に出すのは縁起物の干支《えと》饅頭《まんじゅう》だった。

今年は子《ね》年だ。焼きごてを用いた「子」の字が鮮やかに浮かびあがっている。

「相済みません、身内の者でございます」

列に並んでいたら時がかかるので、音松は客にひと声かけて見世に入った。

「いらっしゃいまし」

いきなりいい声が響いた。

看板娘のおひなだ。

年が改まって十四になった。物おじをしないたちだから、客の相手もお手の物だ。

「あっ、音松さん、今年もよろしゅうに」

おかみのおまさが頭を下げた。

「お忙しいときに相済みません」

音松も一礼する。

「奥の仕事場にいますのでお入りください」

おまさは身ぶりをまじえて小気味よく言った。

「毎度ありがたく存じました」

おひなの明るい声が響く。

少し前までわらべだったのに、すっかり看板娘が板についてきた。

「では、いったん失礼します」

音松は声をかけてから中に入った。

仕事場では干支饅頭づくりに余念がなかった。

蒸しあがった饅頭に、三代目音吉が慣れた手つきで焼き印を入れていく。

「本年もよろしゅうにお願いいたします」

まもなく江戸を離れる音松は、例年と変わらぬあいさつをした。

「いつ発つんだ？」

手を動かしながら、花月堂のあるじが問うた。

「十日の朝に、藩の皆さんと一緒に発つ段取りになっています」

音松は答えた。

「お忍びの参勤交代みたいなもんだな」

三代目音吉はそう言うと、また小気味よく焼きごてを動かした。

子、子、子、子、子……

真っ白だった饅頭に焼き印が入ると、にわかに菓子に命が吹きこまれる。

そう、命だ。

同じように焼きごてを使う若鮎では、鮎の顔とひれが表されると命が吹きこまれる。

押しものの鯛の目などもそうだ。

ひとたび鯛に目が入ると、粉と砂糖を押し固めたにすぎなかったものに命が吹きこまれ、菓子の内奥《ないおう》からそこはかとない光が放たれる。初めてそのさまに接したときの感動を、音松はまだ憶えていた。

「参勤交代より、ずっと人数は少ないですが」

音松は師の三代目音吉に言った。

「お殿様に粗相がないようにな」

花月堂のあるじはそう言うと、できあがった干支饅頭を水際立った手つきで箱に並べていった。

「はい。紀伊玉浦の銘菓と呼ばれるような菓子をつくってきます」

引き締まった表情で音松は言った。

「気張ってな」

「花月堂のほまれだから」

「いや、江戸の菓子職人のほまれだからな」

仕事場でせわしなく手を動かしているほかの職人たちが声をかけた。

「はい、精一杯気張ってきます」

音松はいい声で答えた。

忙しいときに長々と邪魔はできないから、音松は早々に辞した。

列に並び直し、土産に干支饅頭を買った。

はつねやへ戻ったあと、おはつがいれてくれた茶を呑みながら、花月堂の干支饅頭を味わった。

食べなれた饅頭の味が、今年は妙に心にしみた。

三

はつねやは二日からのれんを出す。

花月堂と同じく、こちらも干支の菓子を出すことになった。あとは、縁起物の鯛の押しものや寒い日に火のはたで食す丁稚羊羹《でっちようかん》など、自慢の菓子がとりどりに並ぶ。

はつねやの干支菓子の木型は、おはつの母のおしづが彫った。左右を逆さまに彫らねばならないからなかなかに年季が要るが、根津《ねづ》の徳次郎《とくじろう》という名人のもとで根気よく修業をし、いまや花月堂を始めとする老舗にも品を納めるまでの腕達者になっている。

昨年の暮れに届けてくれた木型は、米俵に鼠が乗り、小判とたわむれている図だった。俵に厚みがあるので、少しだが餡《あん》も入れられる。

色合いは、鼠が白、米俵が薄茶色、小判はもちろん黄金色だ。慎重に粉と餡を入れて押し、木型を槌《つち》でたたいて抜く。

仕上げに面相筆で鼠に目を入れると、押しものに息吹がこめられた。愛らしい鼠に表情が生まれ、いまにも動きだしそうなさまになる。まるで手妻《てづま》を見ているかのような仕上がりだ。

「いいわね」

いくつか並んだ干支菓子を見て、おはつが満足げに言った。

「よし、そろそろのれんを出すか」

音松が両手を打ち合わせた。

「今日はまだ振り売りがないから、表の通りで呼びこみをしてきましょうか」

巳之作《みのさく》が気の入った顔つきで言った。

「様子を見てからでいいわよ、巳之作さん」

昨年の暮れに祝言を挙げたばかりのおすみが言った。

仲のいい二人の友とともに、おすみはつねやで菓子づくりの習いごとをしていた。そのあたりから、はつねやの振り売りを受け持っていた巳之作と縁ができ、祝言を挙げてからは近くの長屋でともに暮らしている。菓子職人としてはいささか不器用な巳之作より、女房のおすみのほうがよほど筋がいいとはもっぱらの評だ。

おすみの実家は山海堂《さんかいどう》という薬種問屋だった。当時は薬種問屋が菓子に欠かせない砂糖を扱うことが多かった。元日は巳之作も山海堂で過ごし、今日から仕事始めだ。

「正月からやかましいと伊勢屋《いせや》さんから文句を言われたら困るから」

おはつもおすみに和《わ》した。

「それもそうっすね」

巳之作はあっさり引き下がった。

「わたしの留守中はもめごとを起こさないようにな」

音松がクギを刺すように言った。

「へい、気をつけます」

巳之作はそう請け合った。

表通りにのれんを出す老舗の菓子屋の伊勢屋は、新参のはつねやを快く思わず、以前は事あるごとに難癖をつけてきた。土地《ところ》の十手持ちなどがにらみを利かせてくれたおかげでこのところはおとなしくしているが、肚《はら》ではどう思っているか知れたものではないから、気をつけるに越したことはない。

ほどなく、支度が整った。

おはつがのれんを出し、おすみと巳之作が長床几を整えて緋毛氈《ひもうせん》を敷く。

音松はちょうど出てきたおなみを抱っこして、その様子を見ていた。

「こら、きなこ、駄目だぞ」

緋毛氈を待ちきれずに寝そべろうとした看板猫に向かって、はつねやのあるじが声をかけた。

「だめよ」

おなみも同じことを言ったから、おのずと和気が漂った。

「あっ、いらっしゃいまし。できておりますので」

路地に入ってきた客の姿を見て、おはつが明るく言った。

はつねやの口開けの客は、二人の尼僧だった。

四

谷中の尼寺、仁明寺《じんみようじ》の尼たちだ。ともに白い頭巾と黒い袈裟《けさ》をまとっている。年かさのほうが大慈尼《だいじに》、若いほうが泰明尼《たいめいに》、ともに以前からのなじみだ。

「はつねやさんのお赤飯をみな楽しみにしておりますので」

大慈尼が笑みを浮かべた。

「ささげがたっぷり入っていて、おいしゅうございますからね」

泰明尼も和す。

注文を受けてつくっておいたのは赤飯の折詰だ。鶯色の風呂敷包みが二つ用意されている。

正月ばかりでなく、祝いごとには欠かせない赤飯は、鯛の押しものと並ぶはつねやの看板のごときものだ。おのれが留守のあいだも出せるように、巳之作夫婦には先だって入念につくり方と勘どころを教えておいた。

「火鉢もありますので、上がって丁稚羊羹でもいかがでしょうか」

おはつが座敷を手で示した。

「ああ、では、お茶を一杯だけ」

いくらか迷ってから大慈尼が答えた。

「丁稚羊羹も頂戴します」

泰明尼が笑みを浮かべた。

仕事場では、音松が若鮎のつくり方を巳之作とおすみに伝授していた。求肥《ぎゅうひ》をかすていら生地で包み、焼きあげてから焼きごてで愛らしい顔やひれを浮かびあがらせる。見てよし、食べてよしの人気の品だ。もう幾日もないが、これまた音松が留守のあいだにも同じものを出せるように気を入れて教えているところだった。

「お待たせいたしました」

おはつが盆を運んでいった。

お茶と丁稚羊羹だ。

やわらかくて口当たりのいい丁稚羊羹は、若狭《わかさ》が発祥と言われる水羊羹に近い菓子だ。冷たい井戸水で冷やして夏に食すのが向いているようだが、若狭などでは冬に火のはたで食す。これがまた一度食べたら忘れられない美味だ。

「相変わらず、おいしゅうございますね」

「ほんと、心にほんのりと灯りがともるようなお味で」

二人の尼僧の顔に笑みが浮かぶ。

「ありがたく存じます。あるじが留守のあいだは、わたしが代わりにつくりますので」

おはつが言った。

丁稚羊羹づくりは存外に力が要るが、すでに音松から勘どころを教わっている。火加減さえ間違えなければ大丈夫のはずだ。

「楽しみにしております」

「気張ってくださいましな」

尼僧たちがまた笑みを浮かべた。

五

仁明寺の尼僧たちが赤飯の包みを提げて戻ったあとも、客は次々にのれんをくぐってくれた。

お目当ての干支菓子や、おめでたい双亀《そうき》の押しものと練り切りの鶴を組み合わせた長寿菓子などがよく売れてくれた。

常連も来た。

「出発までもうあと幾日もないね」

小上がりに陣取ってからそう言ったのは、小間物問屋の隠居の惣兵衛《そうべえ》だった。

隠居はしたものの見世のあきないに口を出す者は多いが、惣兵衛はすっぱりと身代を譲って手を引き、かねて気に入っていた谷中に小体《こてい》な住まいを構えて楽隠居の暮らしを楽しんでいる。散歩がてらはつねやに立ち寄り、茶と菓子を味わうのもその楽しみの一つだ。のれんを出したころからいろいろと相談に乗ってくれるありがたい常連だった。

「もちろん陸路ですよね？」

惣兵衛の隣に座った客が訊いた。

戯作者の百々逸三《どどいつぞう》だ。いつものように、派手な市松模様の着物をまとっている。

菓子の見本市の世話役などもつとめてくれたから、はつねやにとっては恩のある人物だった。

「さすがに船は剣呑《けんのん》なので」

自ら盆を運びながら、音松が言った。

「お殿様も乗っているのに、船が沈んだりしたら大事《おおごと》だから」

惣兵衛が言う。

「そりゃ大事じゃ済みませんよ、ご隠居」

戯作者が笑みを浮かべた。

「紀伊玉浦藩は熊野《くまの》に近いので、お伊勢参りと熊野詣をしてから入ることになっているんです。……どうぞ、お待たせしました」

音松は茶と焼きたての若鮎を置いた。

「ああ、それはいいね。一生の思い出になるだろう」

惣兵衛が言った。

「大和のほうから紀州藩を突っ切って入るわけにもいかないでしょうからね」

戯作者がそう言って、さっそく若鮎に手を伸ばした。

「お殿様はずっと定府だったので、初めての里帰り、いや、里入りになるんです」

音松が言った。

「なるほど。参勤交代をするお大名ではないからね」

隠居も若鮎を手に取った。

「いかがでしょう、その若鮎」

おはつが仕事場から出てきて問うた。

そのうしろでは、巳之作とおすみがやや不安げに見守っている。

「いつもより、いくらか恰幅がいいように見えるがね」

と、惣兵衛。

「実は、弟子にやらせたんです」

音松が明かした。

「はは、道理で太り気味だと思ったよ」

隠居が笑う。

「下手で相済みません」

おすみが頭を下げた。

「前よりはずっとましになったんですが」

巳之作が髷《まげ》に手をやった。

「そりゃ前が下手すぎたんだ」

音松がそう言ったから、はつねやに笑いがわいた。

「でも、味はとてもいいですよ」

百々逸三が言った。

「そうだね。これなら売り物になるよ」

隠居も太鼓判を捺《お》した。

「とにかく、師匠の留守中も気張ってやりますんで」

巳之作が気の入った声で言った。

六

ほどなく、また常連が二人やってきた。

おすみの寺子屋の先生でもあった林一斎《はやしいつさい》と千代《ちよ》だ。往来堂《おうらいどう》という寺子屋を営む夫婦は甘いもの好きで、折にふれてはつねやの菓子を買ってくれる。

「お正月は縁起物の干支菓子と長寿菓子で」

千代がまず注文した。

「若鮎も焼けてます。おすみちゃんと巳之作さんにも手伝ってもらったんですけど、いかがでしょう」

おはつが水を向けた。

「ちょっと太り気味の鮎なんですが」

おすみが先手を打って言った。

「味は大丈夫なんで」

巳之作が笑みを浮かべる。

「大丈夫じゃなかったら、売り物になってないから」

座敷の火鉢のはたに根を生やしつつある隠居が言った。

「では、鮎も二匹いただきます」

千代が指を二本立てた。

「承知しました」

おはつが小気味よく頭を下げた。

包みを渡すときは音松もあいさつに出てきた。

「お待たせいたしました」

大切な常連に向かって、ていねいに頭を下げる。

「寺子屋が始まったらなかなか来られないので、しばらくお別れになるかもしれませんが、どうかお体に気をつけて」

千代が音松に言った。

「ありがたく存じます。留守中、はつねやをどうかよしなに」

音松は礼を返した。

「弟子が菓子職人もやるそうなので、ちゃんと見守っていますよ」

一斎がおすみのほうを手で示した。

「しっかりやりますので」

おすみが明るく答えた。

七

林夫妻が帰ってほどなく、大男がいささか窮屈そうにのれんをくぐってきた。五重塔《ごじゅうのとう》の十蔵《じゅうぞう》親分だ。

六尺（約百八十センチ）豊かな大男だから、地元の名所になっている天王寺の五重塔にちなんでその名がついた。谷中の安寧が護られているのは、この情も力もある十手持ちのおかげだ。

「いらっしゃいまし、親分さん」

おはつが笑顔で出迎えた。

「正月早々からあるじの出立で、ちとせわしないな」

十手持ちが言った。

「それは致し方のないことで」

おはつが言う。

「そろそろ汁粉が頃合いですが、いかがでしょう」

音松が仕事場から水を向けた。

「おう、今日は冷えるからいいな。おれだけそこで呑むぜ」

十蔵親分は緋毛氈が敷かれた長床几を指さした。

いつもはよく猫のきなこが寝そべっているのだが、今日は風が冷たいせいで中にこもっている。

「小上がりを独り占めで相済みませんね、親分さん」

隠居が声をかけた。

「いや、わたしもいるから二人占めで」

戯作者が和す。

「まだ若いから平気でさ。……おれの分はでけえ椀で」

十蔵親分が言った。

背には見事な五重塔の彫り物が入った強面《こわもて》の十手持ちだが、見かけによらず甘いもの好きで、汁粉も大の好物だ。

「承知しました。焼き餅も多めに入れましょう」

仕事場から音松が言った。

「おう、頼むぜ」

十手持ちは軽く右手を挙げると、巳之作のほうを見た。

「正月から振り売りはやんねえのかい」

そうたずねる。

「今日はまだ見世だけで。そのうち、大福餅と松葉焼きの振り売りをやるつもりです」

巳之作が答えた。

「見世はわたしとおすみちゃんがいれば番をできるので」

おはつが言った。

「松葉焼きはわらべらが楽しみにしてるからな」

十蔵親分が笑みを浮かべた。

はつねやの松葉焼きには二種がある。

大人向けの松葉焼きは砂糖を用いた香ばしい焼き菓子で、進物としても人気がある。花月堂で教わった音松は、はつねやでもその味を守りつづけていた。

一方、わらべ向けの松葉焼きは、砂糖の代わりに甘藷《かんしょ》からつくった水飴を使う。これは田端《たばた》村の実家に住む二人の兄が折にふれて届けてくれる。砂糖に比べると甘みは物足りないが、どこかなつかしい味がする。

なにより、値《あたい》を安く抑えられるのがいい。こちらの松葉焼きは一つ一文だから、わらべでも買える。

「そのうち、お汁粉の振り売りもと言ってたんですけどねえ」

ややあいまいな顔つきで、おはつが言った。

「正月屋《しょうがつや》かい？」

親分が問う。

正月の寒い時季にふさわしいことから、汁粉の振り売りはそう呼ばれていた。

「ええ。ただ、大福餅もあるので」

と、おはつ。

「あれもこれもと欲張らねえほうがいいな。あるじも留守になるんだし、地に足を着けて手堅いあきないをしたほうがいいんじゃねえのかい」

十蔵親分はそう言った。

「さようですね。そうしまさ」

巳之作はあきらめた様子で答えた。

ここで盆が運ばれてきた。

「お待たせいたしました。たっぷりのお汁粉でございます」

盆には大きな汁粉の椀と、薄焼き煎餅の小皿が載っていた。

汁粉にはすでに焼いた角餅が三つも入っているが、煎餅を加えても美味だ。

「おう、こりゃ食べでがあるぞ」

十蔵親分がさっそく椀を手に取った。

「こちらにもおくれでないか。ただし、普通のお椀で」

隠居が右手を挙げた。

「人が食べてるのを見ると、おのれも食べたくなりますからね。やつがれにも一杯」

戯作者もおどけて指を一本立てた。

もう一人、お汁粉を所望した者がいた。

奥から出てきたおなみだ。

「おしるこ」

わらべが無邪気に言う。

「はいはい。細かく切ったら、お餅も食べられる？」

おはつが訊いた。

「うんっ」

おなみは元気よくうなずいた。

「おっかさんにふうふうしてもらって呑みな」

十蔵親分が言う。

「熱いとやけどするからね」

おはつが言った。

「はい、お待ちで」

「普通のお椀のお汁粉でございます」

巳之作とおすみが座敷に運んでいった。

「おお、いい香りだね」

「正月の汁粉は格別ですから」

隠居と戯作者が椀を受け取る。

ほどなく、おなみの分もできた。

おはつが匙《さじ》ですくい、充分に息を吹きかける。

「それくらいでいいだろう」

あたたかく見守っていた音松が声をかけた。

「そうね……」

みなが見守るなか、匙の汁粉がわらべの口に投じ入れられた。

「おいしい？」

母が訊く。

少し遅れて、わらべは花のような笑みを浮かべた。

第二章　伊勢参りまで

一

早いもので、明日はもう出立になった。

大川に近い紀伊玉浦藩の上屋敷まで、音松は早起きをして向かう。はつねやもいつもより早めに見世じまいをした。

「気をつけて行ってらっしゃいまし」

巳之作が笑みを浮かべて言った。

「あとを頼むぞ」

これから長屋へ帰る若い二人に向かって、音松は言った。

「気張ってやりますので」

おすみがいい顔で答えた。

「なるようにしかならないから。それに、ご常連さんが助けてくださるからね」

おはつが言う。

「ええ。毎日の積み重ねで」

おすみがうなずく。

「そうだな。一日一日の地道な積み重ねだ」

半ばはおのれに言い聞かせるように、音松は言った。

「なら、くれぐれもお気をつけて」

「行ってらっしゃいまし」

若夫婦は頭を下げた。

「ああ、行ってくる。頼むぞ」

音松は重ねて言った。

巳之作とおすみを見送ると、音松はのれんに歩み寄った。

「今日はしまってやろう」

そう言って、鶯色ののれんに手を伸ばす。

甘味処　はつねや

太からぬ品のいい字でそう染め抜かれたのれんを、音松はしばし感慨をこめて見た。

「ちゃんと守りますから」

それと察して、おはつが笑みを浮かべて言う。

「ああ」

短く答えると、音松はのれんを手にして見世に入った。

二

翌朝——。

まだ暗いうちから、音松は目を覚ましていた。

出立に遅れるわけにはいかない。夜中に目が覚めたら、それきりもう眠ることができなかった。

おなみを真ん中にして、川の字になって寝ていた。娘の小さな寝息が聞こえる。

紀伊玉浦藩で大きなつとめを果たし終え、江戸に帰ってくるまで、どうか達者にと祈らずにはいられなかった。

出るには早いが、支度をして上屋敷に向かうことにした。だいぶ待つかもしれないが、遅れるよりはよほどいい。

すでに大きな嚢《ふくろ》に菓子づくりの道具などをとりどりに入れてある。はつねやで使う道具もあるため、いくつかは新たに仕入れたりこしらえたりした。

材料はむやみに持っていくわけにはいかないが、上等の和三盆《わさんぼん》などは携えていくことにした。何やかやでかなり重くなったが、もともと健脚だから大過はないだろう。

支度をしているうちに、おはつが起きてきた。

「起こしてしまったか」

おなみまで起こさないように、音松は声を落として言った。

「おとっつぁんが夢に出てきて」

おはつは少し目をこすった。

「そうかい」

音松がうなずく。

「気張ってやりな、って言ってた」

おはつは笑みを浮かべた。

おはつの父の勘平《かんぺい》は花月堂の振り売りとして人気があったが、あいにく若くして亡くなってしまった。父の言葉でかろうじて憶えていたのは「気張ってやりな」というそのひと言だけだった。顔も長らくあいまいなままだったが、はつねやが客の「思い出の菓子」づくりに取り組んだのをきっかけに思い出した。菓子の味が思い出を呼び覚ます。なつかしい人の面影をつれてくる。

そんなこともある。

「分かった。気張ってくる」

脚絆《きゃはん》を巻きながら、音松は言った。

「なら、道中気をつけて」

まなざしに力をこめて、おはつは言った。

「おなみとはつねやを頼むぞ」

音松は最後に言った。

「うちは大丈夫だから、気張ってきて。でも、無理しないように」

女房の言葉が心にしみた。

三

紀伊玉浦藩の上屋敷は、旗本の屋敷とさほど変わらない構えだった。

いや、大身の旗本のほうが立派な屋敷に住んでいるかもしれない。一見すると、大名が暮らしているとは思えないほど質素なたたずまいだった。

その門の前に一挺《ちょう》の駕籠《かご》と一台の荷車が止まっていた。荷車にはすでにさまざまな品が積みこまれている。

藩主たちが姿を現すまで、音松は荷車引きたちと話をしながら待っていた。荷の中には国もとへ届ける江戸土産も含まれているようだ。

ややあって、藩主のお付きの武家、吉浜大次郎《よしはまだいじろう》が姿を現した。歳は音松よりいくらか上で、兄のような感じだ。

「早いな。よろしく頼む」

吉浜大次郎はきびきびと言った。

「よろしゅうお願いいたします」

音松は深々と頭を下げた。

藩主が出てくるまで、しばらく旅の段取りの話になった。上屋敷を出るときは駕籠だが、松平伊豆守は健脚ゆえ、途中からは徒歩《かち》で進むことになっているらしい。駕籠に揺られるより、おのれの足で歩きたい性分のようだ。

駕籠も構えた大名駕籠ではなかった。町で普通に見かける宝仙寺《ほうせんじ》駕籠だ。さすがに簾《すだれ》はついているが、乗っているのが大名だとはだれも思うまい。

「紀伊玉浦まではおおよそひと月と聞きましたが」

音松が言った。

「川止めなどがなく、長々と寄り道をしたりせずに脚を動かせばな」

大次郎が答える。

「そうしますと、着くのは来月の半ばくらいですね」

頭の中で勘定をしながら、音松は訊いた。

「そうなるだろう。伊勢参りや熊野詣が入っても、むやみに日数が延びるわけではないから」

同行する武家が答えた。

「いまなら干し柿や蜜柑も手に入るでしょうが、もうそのころには難しいかもしれませんね」

音松の表情が少し曇った。

「いや」

大次郎はさっと右手を挙げてから続けた。

「紀伊玉浦の御殿には、氷室《ひむろ》があると聞いた。冷たい地下の水が間断なく流れているから、籠に入れて下ろしておけば日保ちがするのだとか」

大次郎がそう教えた。

「さようですか」

これから紀州へ赴く菓子職人は、愁眉《しゅうび》を開いたような顔つきになった。

「それは耳よりの話かもしれません」

音松はちらりと耳に手をやった。

正月の朝の風は冷たい。吐く息は白く、ときおり耳が切られるような風が吹く。

「晩生《おくて》の蜜柑や干し柿なども氷室に入れてあるそうだ。殿が江戸の菓子づくりのために支度をしておくようにと文をしたためていた」

大次郎は白い歯を見せた。

「それはありがたいことで」

音松が思わず両手を合わせたとき、屋敷の中で人の声が響いた。

ほどなく、紀伊玉浦藩主、松平伊豆守宗高が姿を現した。

四

高齢の江戸詰家老と何人かの藩士が見送りに出た。

「長く定府大名の地位にあぐらをかいて、参勤交代もせず江戸で暮らしてきたが、これからいよいよ初の紀伊玉浦入りだ。留守を頼む」

松平伊豆守は歯切れよく言った。

「承知いたしました」

藩の知恵袋という趣の江戸詰家老がうやうやしく一礼した。

藩士たちも続く。

「わが藩は広からぬゆえ、隅々まで廻り、なるたけ多くの民の暮らしぶりを見てくるつもりだ。往復に二月かかるため、紀伊玉浦で過ごす日数を延ばすやもしれぬ。まあそのあたりは成り行きだ」

松平伊豆守が言った。

それを聞いて、音松は不安になった。

おおよそ半年という約束だったが、ずるずると引き延ばされているうち、江戸の家族に何かあったらと思うと胸のあたりがきやりとした。

「はつねや」

その表情を察したのか、藩主が声をかけた。

「はっ」

音松が短く答える。

「そなたは半年でよいぞ。そのあいだに菓子の目星をつけよ」

ありがたい言葉だった。

「はっ、承知しました」

ほっとする思いで音松は答えた。

「では、琴乃《ことの》にもよく言っておいたが、あとのことを重々頼む」

藩主は江戸詰家老に言った。

定府大名の松平伊豆守は、紀伊玉浦ではなく江戸に妻子がいる。琴乃というのはどうやら奥方の名のようだ。

「おまかせくださいまし」

どこか芝居がかったしぐさで、江戸詰家老が頭を下げた。

「折にふれて文を送る。達者で過ごせ」

そう言うなり、藩主は駕籠に歩み寄った。

「ははっ」

江戸詰家老をはじめとする家臣たちが腰を折った。

かくして、紀伊玉浦へ向かう長い旅が始まった。

五

箱根の関所を滞りなく越え、駿河《するが》に入った。

行く先々の宿では地《じ》の料理が出た。これも旅の楽しみだ。

松平伊豆守は菓子の腕くらべの判じ役をつとめたほどの風流人ゆえ、その舌はたしかだった。むやみに豪勢な夕餉《ゆうげ》ではないが、金目鯛の煮つけ一つを採り上げても、思わずうなるほどの料理が出た。

吉浜大次郎のほかに、街道筋に通じた家臣が随行していた。あらかじめ宿の評判を聞き、間違いのないところを選びながら旅は続いた。

藩主は途中から徒歩になった。馬に乗るという手もあるが、供の者が大儀だろうからと一緒に歩いた。下々の者にまで気を配ってくれる藩主だから、みなから一様に敬われている。

「通る土地の菓子の舌だめしもせずばなるまいな」

同行している菓子職人を気づかい、松平伊豆守は街道筋の名物をしばしば購《あがな》った。

駿河には三つの名物がある。

きなこの風味が豊かな安倍川餅《あべかわもち》、竹皮に包まれた蒸し羊羹の追分《おいわけ》羊羹、もう一つは兎餅だった。

見世で兎が飼われていたことからその名がついたと言われる兎餅を、一行は見世先で味わった。

「うむ、こし餡が美味だな」

松平伊豆守が満足げに言った。

「焼き印が押されているので、薄皮がぱりっとして、ことのほかおいしいです」

音松も笑みを浮かべた。

硬めの大福餅という感じで、満月に見立てた焼き印が菓子をぎゅっと引き締めている。

「残った白いところが兎の肌のようです」

吉浜大次郎がそう言って、兎餅を口中に投じた。

「これだけでも学びになります」

音松がうなずいた。

「たくさん学んで江戸へ戻れ」

藩主が言う。

「はい」

音松はいい顔つきで答えた。

「学ぶは『真似ぶ』に通じると聞いたことがある。そなたを紀伊玉浦に招き、銘菓をつくらせるという案は松江の松平不昧公から真似んだものだ」

松平伊豆守はそう言って、残りの兎餅を胃の腑に落とした。

「では、わたくしも諸国の菓子を真似んで、銘菓づくりに活かしたいと存じます」

はつねやのあるじが告げた。

「その意気だ。頼むぞ」

紀伊玉浦藩主は白い歯を見せた。

六

尾張《おわり》に入ってからも舌だめしは続いた。

尾張藩の御用達でもある桔梗屋《ききょうや》という老舗では、名物の「上《あが》り羊羹」を食した。

「これは、いくらか硬めの丁稚羊羹ですね」

ひと口食べた音松が言った。

「羊羹はほうぼうでつくられているからな」

松平伊豆守が言う。

「羊羹だけのものもあれば、中に具材を入れるものもあります」

と、音松。

「そうだな。紀伊玉浦の特産品を入れた羊羹は、まず手堅い銘菓になるだろう」

藩主がうなずく。

「梅羊羹はすでに昨年のうちに試作しましたので」

はつねやのあるじが笑みを浮かべた。

「いい梅干しを使えば、風味豊かな羊羹になるからな」

吉浜大次郎が言う。

「わが藩の梅干しは天下に誇れるものゆえ」

松平伊豆守が自慢げに言った。

五年、十年と熟成された梅干しは、厳重に壺に入れて国もとからときおり送られてくる。それを茶漬けにして食すのが藩主の習いだった。

続いて、これまた尾張藩御用達の両口屋是清《りょうぐちやこれきよ》で饅頭《まんじゅう》を食した。見世の看板は尾張藩主の直筆だ。

「はつねやには麗々しい看板は向かぬな」

松平伊豆守が言った。

「地味なのれんと置き看板だけで充分でございます」

上品な味の饅頭を食しながら、音松は答えた。

「もう客はついているしな」

大次郎が言う。

「ありがたいことで」

音松が頭を下げた。

「甘すぎず、後を引くのが老舗ならではの味だな。甘すぎるのは土下座を強要する大名行列のようなものだ」

松平伊豆守がそこはかとなくわが身に引きつけて評した。

「甘すぎる菓子は、ともすると押しつけがましく感じられたりするものです」

はつねやのあるじが言った。

「そうだな。一歩だけ引くのが味の要諦《ようたい》だ」

藩主が言う。

「引きすぎたら逆に物足りなくなってしまいますから、そのあたりの匙加減がむずかしいです」

と、音松。

「いくたびも繰り返し、ちょうどいい塩梅の菓子をつくっていけばよい」

紀伊玉浦藩主が笑みを浮かべた。

「粘り強くやらせていただきます」

若き菓子職人の表情がなおいっそう引き締まった。

七

宮《みや》の渡しを経て、尾張から伊勢に入った。

ちょうど泊まりごろだったため、船を下りて桑名《くわな》に宿をとった。

桑名といえば蛤《はまぐり》が名物だ。宿の料理は蛤づくしだった。

「やはり焼き蛤《はま》がいちばんですね、殿」

お付きの吉浜大次郎が言った。

「そうだな。醤油の香りもたまらん」

松平伊豆守が手であおぐしぐさをした。

「濃い味つけの時雨煮《しぐれに》もご飯によく合います」

末席に控えた音松が箸《はし》を動かした。

ここでおかみがまた盆を運んできた。

「天麩羅と蛤吸いでございます」

にこやかに告げる。

「蛤の天麩羅か？」

藩主がたずねた。

「さようでございます。身がぷりぷりしていておいしゅうございますよ」

おかみが愛想よく答えた。

言葉どおりの美味だった。一行は蛤づくしの料理を心ゆくまで堪能した。

関《せき》で東海道に別れを告げ、伊勢街道に入った。

この宿場町には古い銘菓があった。

関の戸だ。寛永年間に忍者の末裔《まつえい》が創案した餅菓子で、老舗の深川屋《ふかわや》が伝統の製法を守っている。

「こし餡を求肥でくるみ、砂糖をまぶす。まさに本筋の菓子だな」

味わうなり、松平伊豆守が満足げに言った。

「求肥の練り加減が絶妙です」

音松が笑みを浮かべた。

「まぶしてある砂糖がまたうまい」

吉浜大次郎の表情もゆるむ。

「阿波《あわ》の和三盆を使わせてもろてますんで」

菓子舗のあるじが自慢げに言った。

「やはり素材が大事だな」

紀伊玉浦藩主がうなずく。

「はい。和三盆は持参しておりますので」

音松は答えた。

「ならば、紀伊玉浦の銘菓にも使えるな」

松平伊豆守はそう言って関の戸を胃の腑に落とした。

八

津《つ》の宿で一泊した一行は、翌朝からまた旅を続けた。

伊勢が近づくにつれ、おかげ参りの者の姿が目立つようになってきた。

「お伊勢参りならもうじき終わるが、わが領地はいかにも遠い」

いくらかあいまいな顔つきで、松平伊豆守が言った。

「船のほうが近《ちこ》うございますからね」

吉浜大次郎が言う。

「海路は時化《しけ》が怖いからのう」

紀伊玉浦藩主が眉をひそめた。

快男児にも苦手なものがあるらしい。

しばらく進むと、うどん屋があった。ここで腹ごしらえをしてから、いよいよお伊勢参りだ。

「これは変わったうどんだな」

出てきたものを見て、松平伊豆守がいぶかしげな顔つきになった。

「つゆの色がずいぶん黒いですね」

吉浜大次郎がじっと見る。

「まあ、何にせよ食してみよう。腹が減った」

紀伊玉浦藩主が帯をぽんとたたいた。

ずいぶんと太い麺で、いやにやわらかかった。厨《くりや》のほうを見ると、あるじがずっと麺をゆでている。なるほど、これならやわらかくなるはずだ。

「おお、思ったより甘いな」

藩主が驚いたように言った。

「こんなやわらかいうどんは初めてです」

江戸のうどんに慣れた音松も言う。

具は刻み葱《ねぎ》だけで、いたって素朴なたたずまいだ。

「これはこれでうまい。慣れれば癖になりそうだ」

松平伊豆守が笑みを浮かべた。

「もちもちしていておいしいですね」

吉浜大次郎も言う。

「このつゆのこくはどうやって出してるんでしょう」

ほかの客にうどんを運んできたおかみに向かって、音松はたずねた。

「たまり醬油を使《つこ》てるんですわ。もとはたまり味噌やったそうですけど」

話し好きとおぼしいおかみが答えた。

「なるほど」

音松がうなずく。

「そこへいりこや鰹節を入れて味を深《ふこ》うさせてもろてます」

おかみが笑顔で告げた。

「料理も菓子も隠し味だな」

紀伊玉浦藩主が言った。

「さようでございますね」

音松はそう答えて、また箸を動かした。

九

一行はまず伊勢神宮の外宮《げくう》に参拝した。


良い菓子をつくれますように。

志を果たして、江戸へ戻れますように。

また、帰るまで江戸の家族とはつねやが無事でおりますように。


音松の祈りはいつもより長かった。

参拝を終えた一行は内宮《ないくう》に向かった。

「まずは五十鈴川《いすずがわ》で手を浄《きよ》め、口を漱《すす》いでからだな」

紀伊玉浦藩主が言った。

清浄なる水で手を浄めると、身も心も引き締まるような心地がした。

「おや、あれは」

吉浜大次郎が行く手を指さした。

「茶見世のようですね」

音松が瞬《まばた》きをした。

近づいてみると、小ぶりな小豆色の幟《のぼり》を出していたのはたしかに茶見世だった。

「小腹が空いたから、団子か餅があればよいな」

松平伊豆守が足を速めた。

藩主が望んだとおり、茶見世ではあんころ餅が出た。ひと息入れてから参拝をすればちょうどいい。

「三筋の跡がついておるな」

藩主が目ざとく見つけた。

「へえ、川の流れを表してますねん」

かなりの齢《よわい》の媼《おうな》が答えた。

「なるほど、風流だ」

松平伊豆守は笑みを浮かべた。

「この餡の甘みは黒砂糖ですね？」

音松が問うた。

「へえ、よう分かりまんな」

媼が感心したように答えた。

「この男は江戸の菓子屋ゆえ」

吉浜大次郎が笑って告げた。

「はあ、そうでしたんか。そら道理で」

媼はだいぶ歯の抜けた口を開けて笑った。

のちに白砂糖に改められ、あくが抜けてさらに美味になったが、当時は黒砂糖が用いられていた。

「ところで、この餅には名がついているのか」

紀伊玉浦藩主がたずねた。

「へえ、ついてます」

媼は答えた。

「何という名だ」

藩主はさらに問うた。

「赤福《あかふく》って言いますねん」

嫗は自慢げに答えた。

第三章　熊野参詣道から

一

伊勢参りを終えた一行は、熊野参詣道の伊勢路をたどり、紀伊玉浦へ向かった。

伊勢神宮に参ったあとは熊野三社の三熊野詣《みくまのもうで》、さらに西国《さいごく》の札所巡りへと旅を続ける者が多い。

伊勢へ七度《ななたび》、熊野へ三度《さんど》。

調子を合わせて、そう言われている。それくらい参詣の旅をこなせば、その後は安楽な人生を送ることができるというわけだ。

通る人が多いためにそれなりに整備はされているが、峠をいくつも越えてゆかねばならない。難所も多い旅だ。

荷車は通れないところも多いため、手分けして荷を運びながらの旅になった。随行する者はもとより、藩主までおのれの荷はいくらか背負って峠を登った。

紀伊玉浦からは、道案内と荷運びを兼ねた迎えの者がいくたりか来た。

一行の到着を待っていたのは長島浦（現在の紀伊長島《きいながしま》）だ。湊町として栄えた町には旅籠《はたご》がいくつもある。江戸から旅を続けてきた者たちは、朝獲れの魚の刺身などに舌鼓を打って旅の疲れを癒した。

紀伊玉浦から来た道案内役は、吉田弥助《よしだやすけ》という武家だった。

つなぎ役として国表と江戸をいくたびも往復している。峠のどのあたりの眺めがいいかというところまで知悉《ちしつ》している頼りになる男だ。

「江戸からの菓子づくりは大役やな」

吉田弥助は音松に声をかけた。

藩主よりいくらか年上で、だれにでも気安く話しかけてくる男だ。

「はい。一生に一度の御役だと思い、気を入れてまいりました」

音松は引き締まった表情で答えた。

「おまはんくらいの歳なら、まだまだ沢山大役《ようけ》が回ってくるで」

弥助は地の訛《なま》りで言った。

江戸育ちの藩主とは違い、こちらは紀伊玉浦生まれだ。

「そうでしょうか」

音松は軽く首をかしげた。

「まずは目の前の大役だな」

一緒に進みながら、吉浜大次郎が言った。

「はい」

峠を登る足に力をこめて、音松は答えた。

「登りが続いたせいで、小腹が空いてきたな」

松平伊豆守が言った。

健脚とはいえ江戸育ち、熊野への道の登りはいささか勝手が違うようだ。

「でしたら、眺めのええとこで腹ごしらえをしましょか、殿」

弥助が言った。

竹皮に包んだ握り飯と漬物を、長島浦の旅籠で多めに仕込んである。

「おう、案内してくれ」

藩主はすぐさま答えた。

「承知しました」

弥助は笑顔で答えた。

馬越峠《まごせとうげ》の途中から脇道に入り、天狗倉山《てんぐらさん》へ向かった。

「山からの眺めは絶景ですよってに」

道案内役が請け合った。

「絶景を眺めるためには、難儀を厭《いと》うてはならぬな」

足を動かしながら、松平伊豆守が言った。

「もうちょっとですよってに」

弥助が言う。

音松も懸命に登った。

ややあって、澄みきった青い空が急に近くなった。

山の頂に着いたのだ。

二

「これはまさに、絶景だな」

紀伊玉浦藩主が腕組みをして言った。

澄みきった冬晴れだが、風は存外に冷たくなかった。むしろ心地いいほどだ。光が恩寵のごとくに海原を照らしている。ところどころに白波が立つ碧《あお》い海の色は、息を呑むほど美しかった。

「殿、あちらを」

弥助が指さした。

「ん？　何か見えるか」

藩主が目を凝らした。

「あっ」

音松が声をあげた。

「富士のお山だ」

大次郎も気づいた。

「おう、見えるぞ。白い頂が菓子のようだ」

松平伊豆守が瞬きをした。

「富士のお山が、あのように小さく」

音松はそう言って息を呑んだ。

「晴れてよう澄んだ気のときやないと、見えんのですわ。年になんべんもあらしません。今日はほんまに幸いやったなあ」

弥助が感慨深げに言った。

「富士のお山もさることながら、ほかの景色もいい。山梅の花もちらほら咲いている」

斜面《なぞえ》に見える白い小さなものを、藩主は手で示した。

「あの黄色いものは蜜柑でしょうか」

音松が指さした。

遠くの段々畑に、点のような小さなものがいくつか見える。

「晩生の蜜柑やね」

弥助が答えた。

「わが藩でも蜜柑の栽培は進んでいる。紀州の有田《ありだ》のように江戸へたくさん船で運ぶほどではないが」

松平伊豆守が言った。

「もうおおかた終わりごろですが、御殿には氷室がありますさかいに」

弥助が笑みを浮かべた。

「景色に見とれて忘れていたが、腹ごしらえだな。平らなところを選んで腰を下ろして食え」

藩主が言った。

「はい」

「なら、このあたりで」

一人ずつ場所を選んで腰を下ろす。

ほどなく、握り飯の包みが解かれた。

絶景を眺めながらの飯はまた格別だった。宿の握り飯も粒が立っていていい塩梅だ。

「うまいのう」

松平伊豆守が食すなり言った。

「景色が恰好の肴でございますね、殿」

大次郎が笑みを浮かべた。

「そうだな。梅干しはいささか劣るが、それを補って余りある」

紀伊玉浦藩主はそう言って、また握り飯をほおばった。

光と風を感じながら、音松も握り飯を食した。

「あの海の向こうには何があるか知っておるか、はつねや」

いくらか離れたところから、松平伊豆守が声をかけた。

「さあ……外《と》つ国《くに》でございましょうか」

音松は少し迷ってから答えた。

「そうだな。おれもどのような国があるのかすべては知らぬが」

松平伊豆守はにやりと笑ってから続けた。

「これはまだ本決まりではないが、どうやら来年からは外国方のつとめになりそうだ。領地で羽を伸ばせるのもいまのうちかもしれぬな」

「さようでございますか」

ぼうろに金平糖《こんぺいとう》にかすていら、外国わたりの菓子を思い浮かべながら、音松は言った。

「名君のほまれ高い殿が紀伊玉浦に入られるのを、家臣も領民も心待ちにしてましたさかいに」

弥助が言った。

「もう来ないでくれと言われないようにせねばな」

藩主が笑みを浮かべた。

「いや、ほんまに、みな待ちわびておりましたので」

道案内の武家は真顔で答えた。

三

三熊野詣のうち、本宮《ほんぐう》は帰りに立ち寄ることになった。

熊野本宮大社《たいしゃ》は山のほうへ進まねばならない。紀伊玉浦へ行くには遠回りになってしまう。

そこで、熊野速玉《はやたま》大社と熊野那智《なち》大社の二つにだけ詣でることになった。那智大社から紀伊玉浦はさほど離れていない。

「帰りはここで合流するわけか」

藩主が道案内に問うた。

「さようです。行きは浜街道、帰りは本宮道で」

吉田弥助が答えた。

「ならば、ここからはわりかた楽か」

松平伊豆守が問うた。

「いえ、浜街道は浜街道で難儀なとこがあるんですわ。砂利で歩きづらかったり、流れの速い川を渡ったりせんといけませんので」

と、弥助。

「鵜殿《うどの》から新宮《しんぐう》までは渡しがあると聞きましたが」

吉浜大次郎が言った。

「これからお日さんが暮れてくるんで、今日は鵜殿までやろな」

道案内役が答えた。

「では、ゆるりと参ろう」

紀伊玉浦藩主が先をうながした。

しばらく進むと、花の窟《いわや》と呼ばれるところに着いた。

伊弉冊尊《いざなみのみこと》の御陵とも言われている丈高《たけたか》い岩だ。

「ずいぶん高いのう」

藩主が感心の面持ちで言った。

音松も瞬きをして見た。

遠い昔からそこにたたずむ巨岩と、一瞬で消えてしまう菓子。

二つはまったく違うけれども、銘菓が生まれ、後世に伝えられるには長い歳月がかかる。同じと言えば同じだ。

そんなことを思い巡らしながら、音松は花の窟を見ていた。

しばらくは海沿いを進んだ。

歩きにくい砂浜もあれば、岩場の難所越えもある。決して楽な道ではなかったが、褒賞のごとき景色もあった。

「おお、船だ」

視界が開けたところで、松平伊豆守が歓声をあげた。

見事に帆を張った菱垣《ひがき》廻船が沖を進んでいる。

「千石船ですな。わが藩の産物も載ってまっしゃろ」

弥助が言った。

「湯浅《ゆあさ》から職人を呼び、醬油や味噌もつくっているからな」

紀伊玉浦藩主が満足げに言った。

「ちょっと前なら、蜜柑も載ったでしょう」

大次郎がうなずく。

「わが藩は紀州藩の奥座敷と呼ばれているからな。これまでは産物も二番煎じばかりだったが……」

藩主は言葉を切り、音松の顔を見た。

ちらりとまた菱垣廻船に目をやってから続ける。

「紀伊玉浦ならではの銘菓をぜひともつくってくれ、はつねや」

松平伊豆守の顔に笑みが浮かんだ。

「はっ。気張ってやります」

はつねやのあるじの声に力がこもった。

四

旅は順調に進んだ。

後の段取りを考え、先に熊野三山の一つの熊野速玉大社に参詣し、新宮に一泊してから熊野那智大社を経て紀伊玉浦藩へ入ることになった。

新宮ではまた道案内役が増えた。

もっとも、紀伊玉浦藩の者ではなかった。地元の新宮藩の藩士だ。

領内を通行させてもらいたいという旨を、書面で丁重に伝えたところ、新宮藩が礼を尽くして案内役を出してくれたのだった。

新宮藩主の水野《みずの》土佐守《とさのかみ》忠央《ただなか》は名君のほまれが高かった。隣藩ということもあり、松平伊豆守ともかねて面識がある。

「土佐守様は菓子好きで、当地でも奨励されていると聞き及んだが」

紀伊玉浦藩主は道案内役に問うた。

「はい。松江藩主の松平不昧公にも範を取ったっちゅうことで」

案内役の新宮藩士が答えた。

「それはわたしも同じで」

松平伊豆守はいくらか口調を改めて答えた。

「そのおかげもあって、町にはわりかた菓子舗があります」

案内役が告げた。

「ほう、それは好都合。この者は江戸から菓子づくりのために呼び寄せた、はつねやというう見世のあるじで」

藩主は音松を紹介した。

「はつねやでございます」

音松は緊張気味に一礼した。

「ならば、目ぼしい見世で舌だめしを」

案内役が笑みを浮かべた。

「それはよいな。さっそく案内していただきたい」

紀伊玉浦藩主が乗り気で言った。

一軒目では素朴な草団子が出た。ちょうど小腹が空いていた頃合いで美味だったが、ことに学びになるようなものではなかった。

音松が驚いたのは二軒目だった。

琥珀《こはく》色の錦玉羹《きんぎょくかん》が出たのだ。

「これは美しいのう」

紀伊玉浦藩主も声をあげた。

「中に金魚も入っております」

吉浜大次郎が指さす。

煮溶かした寒天に砂糖をまぜて固める錦玉羹は、工夫すれば目を瞠《みは》るような菓子に仕上がる。

「この色はどうやって出しておるのだ」

藩主が見世のあるじにたずねた。

「へえ。梔子《くちなし》の実を使《つこ》てます」

あるじは腰を低くして答えた。

音松が小さくうなずく。

梔子の実を着色に使うことは、むろんはつねやのあるじも知っていた。

「なるほど。金魚はいかにして中に入れた」

藩主がなおも問うた。

「後から入れたわけやのうて、まだ固まってないうちに寒天の池に泳がせたんですわ。これは練り切りでつくった金魚で」

赤と黄色が美しい小さな金魚をあるじは指さした。

「それはそうだな。後から入るわけがない」

藩主は苦笑いを浮かべた。

「島みたいなものもありますね」

音松が言った。

「へえ。こっちは小豆の粒を残した餡を錦玉羹に入れて、島に見立てさせてもろてます」

菓子舗のあるじが笑みを浮かべた。

「なるほど、粒餡か。これはうまそうだ」

紀伊玉浦藩主が言った。

「では、さっそく舌だめしを。わが藩が支払いますので」

新宮藩士が言った。

金魚を浮かせた琥珀色の錦玉羹も、粒餡が島のごとくに入ったものも、どちらもいい味を出していた。見て良し、食べて良しの菓子だ。

「どうだ、はつねや、学びになったか」

松平伊豆守が問うた。

「はい。これだけでも、来た甲斐がありました」

音松は満足げに答えた。

「一日一日が学びだな。その積み重ねが宝になる」

藩主がうなずく。

「せっかくの旅ですから、一日一日を大事にします」

はつねやのあるじはそう言って残りの錦玉羹を胃の腑に落とした。

「その意気だ」

松平伊豆守が白い歯を見せた。

五

三軒目の餅と団子も美味だった。

こし餡をくるんだ餅で玄米粉をまぶしてある。鳥居をかたどった焼き印が押されているから、皮がぱりっとしていてうまい。

団子は素朴な草団子ときなこ団子だが、どちらも味が濃かった。

「茶の味がいっそう引き立つ菓子だな」

紀伊玉浦藩主が満足げに言った。

「ほうぼうを廻ったので、胃の腑も満たされました」

吉浜大次郎が帯に手をやった。

「ほかに煎餅屋などもありますが」

新宮藩士が水を向けた。

「ここから近いか」

藩主が問う。

「すぐそこですわ」

案内役が笑みを浮かべた。

「ならば、ついでに寄ってみよう」

松平伊豆守が言った。

煎餅は薄焼きで、なかなかに上品な仕上がりだった。

海苔をわずかに散らしたものや唐辛子をまぶしたものなど、酒のつまみにもなりそうだ。

「土産に少し買っていくか」

紀伊玉浦藩主が言った。

「承知しました」

弥助がさっそく巾着の紐をゆるめた。

新宮の菓子舗巡りがひとまず終わった。

「そろそろ那智へ向かったほうがよろしいかと」

見世を出たところで、弥助が空を見上げて言った。

「そうだな。那智大社に詣でてから、日のあるうちに玉浦に至らねば」

松平伊豆守が言った。

「では、それがしはこれにて」

案内役が言った。

「おう、大儀であったな」

紀伊玉浦藩主が労をねぎらった。

「この先もお気をつけて」

新宮藩士が頭を下げる。

「ありがたく存じました」

音松も深々と一礼した。

六

那智大社に詣でた一行は、別宮の飛瀧《ひろう》神社にも参詣した。

滝そのものを御神体とする神社だ。

「身も心も洗われるかのようだな」

鳥居越しに滝を見ながら、松平伊豆守が言った。

「まことに」

吉浜大次郎がうなずく。

「このような景色を菓子に見立ててはどうか、はつねや」

紀伊玉浦藩主がだしぬけに言った。

「できることなら、つくりたいものですが……」

音松はそう言って瞬きをした。

轟々《ごうごう》と音を立てて流れ落ちる滝。

そのさまを菓子に表わすのは至難の業だ。

「滝ばかりではない。海もあれば山もある。光もあれば風もある」

藩主は手のひらを上に向けた。

「森羅万象を菓子にできれば、そなたは押しも押されもせぬ名人だ」

松平伊豆守は笑みを浮かべた。

「一歩でも近づけるように精進します」

はつねやのあるじの声に力がこもった。


那智大社の門前には、巻き飴の茶見世があった。

黒糖を水飴に溶かしたものを割り箸にくるくると巻きつけて食す。

「できたては、あたたかいな」

紀伊玉浦藩主が言った。

「甘くておいしゅうございます」

吉浜大次郎が笑みを浮かべた。

音松も味わってうなずく。

どこかほっとする味だ。

「硬い飴だったら、土産にもできるがな」

藩主がいくらか残念そうに言った。

「巻き飴は無理ですさかいに」

弥助が言った。

のちに、那智黒石でできた碁石にちなむ飴がつくられた。

那智黒と命名された飴は人気を博し、やがて当地の名物になった。

七

「この峠を越えたら玉浦に入りますんで」

道案内役の弥助が言った。

「いよいよだな」

紀伊玉浦藩主が言う。

「やっと着きました」

いくらか疲れ気味の声で、吉浜大次郎が言った。

ふっ、と一つ、音松は息をついた。

旅はもうじき終わるが、ここからが始まりだ。

身の引き締まる思いがした。

「峠からは玉浦を一望でけますんで」

弥助が少し足を速めた。

「小さい隠居所のような藩だからな」

藩主が言う。

「もともとそういう旨《むね》で設けられた藩だったとご家老から聞きましたが」

吉浜大次郎が言った。

「そのようだ。また、いま通った新宮藩もそうだが、本家の紀州藩に何かあったときに助け船になるようにという深謀遠慮もあったらしい」

紀伊玉浦藩主はそう伝えた。

「それゆえ、小さな支藩がここにあるわけですね」

と、大次郎。

「そうだ。紀州藩のような大藩とは比ぶべくもないが、小さく美しい玉のごとき藩、良く言えば紀州の奥座敷として存続を許されてきたのがわが藩だ」

松平伊豆守が誇りをこめて言った。

そういう藩には銘菓がよく似合う。

口には出さなかったが、はつねやの若きあるじはそう思った。

やがて、峠を登りきった。

「おお」

藩主が真っ先に声をあげた。

下り坂の先に、さほど大きくはないが町並みが見える。

その先には湊と海も広がっていた。

「あれが御殿です」

弥助が指さした。

紀伊玉浦に城などはない。周りよりは大きいが、御殿もさほど麗々しいものではなかった。

山のほうに目を転じると、梅がちらほらと咲いていた。紅白の花が遠近《おちこち》に見える。

「わが領地は美しいのう」

松平伊豆守が満足げに言った。

「川もあれば、田や畑もあります」

大次郎が指さす。

「そして、民の家がほうぼうに見える。ようやく来られたな」

藩主が感慨深げに言った。

音松がうなずいた。

これから半年、ここが江戸に代わる新たな故郷だ。

「よし、行こう」

松平伊豆守の声が弾んだ。

「はいっ」

一行が藩主に続いた。

第四章　柿羊羹の味

一

紀伊玉浦藩主の御殿は高台にあった。

さほど麗々しい構えではないが、ほかに大きな建物が少ないため、おのずと目立つ。

到着した藩主の一行は、ひとまず荷を下ろしてから夕餉の席へ招かれた。ちょうどいい頃合いだ。

「長旅、まことにお疲れさまでございました」

家老の藤光大膳《ふじみつだいぜん》が藩主に向かって言った。

定府大名の松平伊豆守に代わり、この小さな藩を長年治めてきた男だ。

「やっと紀伊玉浦に来られた。長々と江戸で好き勝手をさせてもらい、すまぬことであった」

藩主は歯切れのいい口調で言った。

「滅相もございません。このたびの玉浦入り、家臣も領民も長らく心待ちにしておりました」

家老はそう言って渋く笑った。

そろそろ五十になろうかという歳だが、いたって血色はいい。

「これからは、参勤交代はないが、おのれの意思で折にふれて領地に入り、民の暮らしぶりをつぶさに見て、藩主のつとめを果たすつもりだ。よしなに頼む」

松平伊豆守は小気味よく頭を下げた。

「ははっ」

家老はやや芝居がかったしぐさで一礼した。

それからしばらく、人の紹介があった。

家老の補佐役は、用人の兼本新之丞《かねもとしんのじよう》という武家だった。信を置けそうな、いい面構えをしている。

領内の道案内役は、引き続き吉田弥助がつとめる。領主のお付き役の吉浜大次郎も然《しか》りだ。

最後に、末席に控えていた音松も紹介された。

「紀伊玉浦の銘菓を創出すべく、江戸からつれてきた菓子職人のはつねやだ。よしなに頼む」

松平伊豆守が手で示した。

「谷中はつねやの音松でございます。不束者《ふつつかもの》でございますが、どうかよろしゅうお願いいたします」

音松は緊張しながらあいさつした。

「氷室に干し柿や蜜柑が入っておるからな」

家老の懐刀の兼本新之丞が笑みを浮かべた。

「ありがたく存じます。では、明日にでも拝見させていただければと」

まだ硬い表情で音松は言った。

ここで膳が運ばれてきた。

「おお、来た来た」

松平伊豆守が手を打った。

「田舎ですよってに、派手なもんはよう出しまへんけどな」

地の言葉に改めて、家老の藤光大膳が言った。

「地の料理がいちばんだ。このうまそうな煮つけは鯛か？」

藩主が膳を運んできた若い男に問うた。

「イガミっちゅう魚ですねん。ここいらでは、正月にはイガミの尾頭付きの煮つけを食べますんで」

若者は物おじせずに答えた。

イガミはブダイとも呼ばれる。夏はいささか臭みがあるが、海の藻を食す冬場は臭みが抜けて美味だ。

「玉浦の鯛みたいなもんですわ」

家老も言う。

「そうか。では、さっそく食すことにしよう」

藩主の箸が動いた。

ほかの者も続く。

イガミの煮つけはいささか味が濃かったが、煮合わせた大根と牛蒡《ごぼう》とかわるがわるに食すとちょうどいい塩梅だった。

白飯ではなく鰺《あじ》飯だった。塩鰺を細かく刻み、醬油と味醂で味つけをして刻み葱を散らした炊き込みご飯だ。これも素朴な味がした。

「鰺はなれ寿司もあるんですが、今日は鰺飯で」

用人の兼本新之丞が言った。

「このたびは長逗留になるゆえ、玉浦のうまいものは洗いざらい食うぞ」

藩主が白い歯を見せた。

「そのうち、網元や庄屋のところへ行って、存分に舌だめしを。段取りはいくらでも整えさせてもらいますので」

有能な用人が言った。

「それは楽しみだ」

松平伊豆守が笑みを浮かべた。

汁には浅蜊《あさり》と蛤と若布《わかめ》がふんだんに入っていた。いささか具が多すぎて味がずいぶんと濃かったが、江戸では出ない椀だからこれはこれでうまかった。

音松も末席で料理を味わっているうち、また料理人が盆を運んできた。

「あっ、干し柿ですね」

音松が思わず声を発した。

「いま氷室から出してきましてん」

若い料理人が答えた。

「わたしは江戸から来た菓子職人で、干し柿を楽しみにしてきました」

音松が言った。

「噂は聞いとります。わてはここの厨を任されてる竹吉《たけきち》っちゅうもんだす」

若い料理人はそう言って、干し柿が載った小皿を置いた。

みなに行きわたったところで、音松は干し柿を口に運んだ。

「……甘い」

はつねやのあるじの口から声がもれた。

「うん、甘いな」

藩主も満足げにうなずく。

「これはなかなかの美味で」

吉浜大次郎の顔もほころぶ。

「この干し柿でうまい菓子をつくってくれ、はつねや」

松平伊豆守が言った。

「はっ」

音松は引き締まった表情で答えた。

二

音松には長屋の一室があてがわれた。

厨に近いので勝手がいい。料理人の竹吉も同じ長屋に住んでいるから、相談しながら厨を使うことになった。

「竈《かまど》も二つあるさかい、まあどないかなるやろ」

音松と同年輩の料理人が言った。

「厨でいろいろ試作するので、舌だめしもしてください」

音松は笑みを浮かべた。

「こっちも頼むわ。なにぶん一緒につとめさせてもろてた料理人が体を悪うしてやめてしもたもんで、大わらわやねん」

竹吉が少し困り顔で言った。

「たくさんのお客さんのための菓子づくりではないので、いくらでも手伝いますよ」

　江戸から来た菓子職人が白い歯を見せた。

「そうか。そら、助かるわ」

　竹吉も顔をほころばせる。

「そうそう、わたしも本名は竹松《たけまつ》っていうんだ。菓子の師匠が三代目の音吉で、『音』の一字をもらって音松と名乗ってはいるけど」

　いくらか口調を改めて、音松は告げた。

「ほな、竹と竹やな。よろしゅうに」

　気のいい料理人が言った。

「こちらこそ、よろしく」

　音松も笑みを返した。

　その後は一日の段取りの話になった。

　朝早くに漁師が獲れたばかりの魚を運んでくれる。煮つけにすることもあるが、朝はおおむね刺身だ。

　それに飯と汁と梅干しがつく。御殿でもいたって質素な朝餉だ。

「野菜も運んでもらえるんで？」

音松は問うた。

「いや、屋敷の中に畑があるんや。案内しよか？」

竹吉は水を向けた。

「ああ、見たいな」

音松はすぐさま答えた。

外はもうだいぶ暗くなっていた。

遠くに海が見える。そこだけがぎやまんの鉢のように光っていて、たとえようもなく美しかった。

「きれいやな」

竹吉が瞬きをした。

「あそこから恵みの魚が獲れるわけだ」

音松がうなずく。

「そや。畑はこっちや」

竹吉が先導した。

芋や人参などを植えた畑の近くでは、大根もずらりと並んで干されていた。これがうまい漬物や割り干し大根になる。

「風がええ仕事をしてくれるねん」

竹吉が言った。

「光と風の恵みだね」

音松が目を細くした。

空にはいい月が懸かっていた。

「ええお月さんや」

料理人が瞬きをした。

「本当だ」

菓子職人も同じ月を見た。

三

「おう、よく眠れたか」

竹吉とともに朝餉を運んできた音松の顔を見て、松平伊豆守が言った。

これまでは御殿の小者が手伝っていたのだが、せっかく厨を同じくしているのだからと音松も手伝うことになったのだ。

「はい、さすがに疲れていたようで、すぐ眠れました」

音松はそう言って、吸い物の椀を置いた。

昨夜の夕餉は具だくさんだったが、けさは浅蜊だけだ。

「菓子づくりはもう始めるのか」

藩主が問うた。

居室に膳を運ばせるのではなく、家臣たちと話をしながら食すことにしたらしい。いかにも松平伊豆守らしいやり方だ。

「氷室を見せていただいてから、干し柿を使った菓子を試してみようかと」

音松は答えた。

「中に入れるわけではないがな」

家老の藤光大膳が言った。

「ほう。では、どういう造りになっているのか」

藩主が問うた。

「百聞は一見に如《し》かずと申します。あとでご案内いたせ、新之丞」

家老が用人に言った。

「はっ、心得ました」

兼本新之丞がさっと頭を下げた。


「なるほど、井戸の横に氷室があるわけだな」

藩主が覗きこんで言った。

「はい。日の光がほとんど差さないので、提灯をかざしながら滑車を動かすこともあります」

新之丞が答えた。

氷室と聞いて、洞窟のようなところへ歩いて下りていくさまを思い浮かべていたのだが、実際はそうではなかった。

まず井戸がある。釣瓶《つるべ》で汲み上げた水はひんやりとしている。それを活かして、大きな籠に料理を入れて下ろし、井戸水に浸けて冷やすというやり方が用いられていた。夏の素麺《そうめん》などはこうして食すとうまい。

紀伊玉浦藩主の御殿の井戸はかなり幅があり、水が湧いていないところも使うことができた。そこが氷室と称されている場所だ。

「氷室はべつの滑車を使います。こっちがそうで」

用人は綱をつかんだ。

「間違えぬように、氷室のほうには赤い布を巻いているわけだな」

藩主がうなずいた。

「そのとおりです。籠に品を入れて氷室に下ろしておけば、格段に日保ちがしますんで」

新之丞が言った。

「いまは干し柿と蜜柑、二つ籠を下ろしてありますねん」

竹吉が滑車の綱を指さした。

「下ろしてから巧みに外すわけか」

藩主が問う。

「へえ。ちょっとこつがいるんですけど、またひっかけて滑車で引き上げます」

竹吉が答えた。

「なら、やってみてくれ」

用人がうながした。

「いまは干し柿のほうがついてますんで、上げてみます」

料理人がさっそく手を動かしだした。

ややあって、籠が姿を現した。

「おお、来たな」

松平伊豆守が笑みを浮かべた。

「もうだいぶ残りが少のうなってきました」

用人が言う。

「ならば、大事に使え、はつねや」

藩主が言った。

「はっ」

音松は肚から声を出した。

四

寒天は御殿でも用意してくれていた。

ただし、音松が江戸から嚢に入れて運んできたものに比べるといささか見劣りがするようだった。

音松は思案した。

いいものをつくりたいのはやまやまだが、初めから最高のものはできない。少しずつ手を加えながら磨いていくには、まずは試し用の素材を使うのがいちばんだ。

道筋が定まった。

音松がまず試みたのは羊羹だった。

型は江戸から持参している。梅羊羹をかつてつくって藩主にも好評を得たから、同じ要領で試してみることにした。

氷室に入れてあったとはいえ、残った干し柿はかなり熟しており、なかにはとろとろになっているものもあった。

「かえって都合がいいな」

手を動かしながら、音松が言った。

「そのほうがええのんか？」

仕込みをしながら竹吉が問う。

「硬い干し柿だと、細かく切って時をかけて裏ごしをしないと口当たりのいい羊羹にはならない。でも、これくらいとろとろなら、ちょっと裏ごしするだけで使えるんだ」

音松は答えた。

「なるほど、かえって塩梅がええわけやな」

料理人は笑みを浮かべた。

「溶かした寒天に柿と砂糖を加えて、型に入れて固まるのを待てば、きっとおいしい羊羹ができる」

菓子職人も笑みを返した。

「冷やさんでもええのんか？」

竹吉がたずねた。

「そのままでも固まるけれど、冷やしたほうがいい」

と、音松。

「ほな、氷室に下ろすのをわいがやったるわ」

料理人が気安く言った。

「それは助かるよ」

菓子職人が答えた。

こうして、竹吉の力も借りて初めの柿羊羹ができあがった。

さっそく舌だめしをしてみた。

「ああ、甘いな」

食すなり、竹吉が声をあげた。

「甘みはあるけど……うーん」

音松はあいまいな顔つきになった。

「しっくりこんとこがあるんか？　うまいけどな、この羊羹」

料理人がややいぶかしげに問うた。

「甘みは充分だけど、ちょっと甘すぎる」

音松は首をかしげた。

「甘すぎたらあかんのか」

と、竹吉。

「甘すぎず、ちょっとあとを引くような味にするのが菓子づくりの勘どころだと師匠から教わったんだ」

花月堂のあるじの顔を思い浮かべながら、音松は答えた。

「なるほどなあ。深い教えや」

若い料理人は感心したようにうなずいた。

「それから、寒天がいくらかゆるい。やっぱり江戸から持ってきた寒天のほうがいいな」

音松が言った。

「どこの寒天を使《つこ》てるんや？」

竹吉が訊いた。

「信州の茅野《ちの》っていうところだよ。朝晩がぐっと冷えるところだと、いい寒天になるんだ」

音松は答えた。

「ほな、殿とご家老に頼んで、取り寄せてもろたらどないや」

竹吉は水を向けた。

「頼みを聞いてもらえるかなあ」

音松は自信なげな顔つきになった。

「言うてみな分からへんで。当たって砕けろや」

料理人が明るく言った。

五

柿羊羹は夕餉のあとに供されることになった。

夕餉の膳の顔は、かきまぶりだった。

紀伊玉浦では、ちらし寿司のことをそう呼ぶ。

高野豆腐、干し椎茸、蒲鉾、蒟蒻《こんにゃく》、人参、油揚げなど具だくさんだ。彩りを兼ねて錦糸玉子と紅生姜もちらされている。

厨では音松も具材切りなどを手伝った。あとは柿寒天が固まるのを待つだけだから、いくらでも手伝える。音松はまず一つ、紀州の郷土料理を覚えた。

膳には汁椀とイガミの煮つけが出た。汁は朝餉とは違い、若布と若竹の澄まし汁だった。若竹がやがて筍になり、春が深まるにしたがってとりどりの料理になって膳を飾る。

夕餉が終わり、いよいよ柿羊羹の舌だめしとなった。

「おお、できたか」

藩主が身を乗り出してきた。

「はい……いくらか寒天がゆるいのですが」

音松はそう告げた。

「しくじったのか」

松平伊豆守が問う。

「いえ」

音松は少し間を置いてから、勇《ゆう》を鼓《こ》して続けた。

「江戸から運んできた寒天はここぞというときに使うためにとっておき、ご用意していただいたものでつくってみたのですが、その、品がいささか見劣りがいたしましたので」

「寒天にも品の良し悪しがあるのだな」

藩主はうなずいた。

「さようでございます。手前は信州の茅野でつくられた棒寒天を溶かして菓子に用いております。日の本では、まず信州産の寒天が最上品でございましょう」

音松はここぞとばかりに言った。

「信州の茅野だな。品が入るように段取りを整えてくれ」

藩主は家老に言った。

「かしこまりました」

家老はうやうやしい礼をすると、用人の顔を見た。

「さっそく手配いたしましょう」

兼本新之丞がすぐさま請け合ってくれた。

「ありがたく存じます。どうかよしなに」

　はつねやのあるじは深々と頭を下げた。

　話が一段落つき、いよいよ柿羊羹の舌だめしになった。

　藩主も家老も家臣も、小皿に載せられた柿色の羊羹を食す。

「うむ……甘くて濃厚な柿の香りがする」

　まず藩主が言った。

「ただ……」

　菓子の腕くらべの判じ役もつとめた藩主は少し考えてから言った。

「この甘さはいささか押しつけがましいかもしれぬな。ひと口めはうまいが、だんだん食すにつれて、前に出てくる甘さがいとわしく感じられてこぬでもない」

　舌の肥えた藩主はそう評した。

「さすがでございますな、殿。それがしなどはただ食うているばかりで」

　家老がそう言ったから、控えめな笑いがわいた。

　さすがだ、と音松も思った。

　柿羊羹が甘すぎるという弱点を見事に突かれている。

「砂糖の入れ具合を変えたり、甘みを引き締めるものを加えたりして、改良につとめたいと存じます」

はつねやのあるじが神妙な面持ちで言った。

「甘みを引き締めるものとは？」

松平伊豆守が問うた。

「蜜柑のしぼり汁が浮かんだのですが、いまは晩生で甘みがあると思います。早生《わせ》で酸っぱいくらいだとちょうど良さそうなのですが」

音松は答えた。

「ならば、塩はどうや」

家老が言った。

「羊羹には砂糖ばかりでなく塩も加えますから、それも試してみるつもりです」

はつねやのあるじが言った。

「まあ、玉浦に着いたばかりで、時はまだまだある。少しずつ試していけ」

松平伊豆守が言った。

「はっ」

音松は引き締まった顔つきで一礼した。

六

翌日は冬晴れになった。

紀伊玉浦藩主の松平伊豆守は領内の巡回に出ることになった。

その一行に音松も加わった。藩主は馬に乗るが、並足で進むだけだ。付き従うのはさほど大儀ではなかった。

ほかは道案内役の吉田弥助、藩主付きの吉浜大次郎、馬の世話と荷運びをする小者というこぢんまりとした構えだ。

「冬田ゆえいささか殺風景だが、秋には実りの景色になろう」

馬上の藩主が言った。

「海山の幸に恵まれてますさかいに、玉浦は」

吉田弥助が言う。

「とりあえず、今日は山のはうだな」

と、藩主。

「ひとまず伯父のところへ」

弥助が答えた。

伯父は名字帯刀を許された庄屋で、同じ姓の吉田善右衛門《ぜんえもん》だ。田畑ばかりでなく蜜柑山なども持っている。使っている者も多く、ここいらでは最も羽振りのいい男だった。

「まだ黄色いものが見えるな。あれは蜜柑か？」

藩主が問うた。

「蜜柑にしては小さいような」

吉浜大次郎が首をかしげた。

「あれは橙《だいだい》ですな」

弥助が答えた。

「正月の飾り物などに使うものですね」

音松が言った。

「そのとおりで。酸っぱくて食えへんけど」

弥助が少し顔をしかめた。

そのとき、音松はひらめいた。

柿羊羹に橙のしぼり汁をくわえてみればどうだろうか。甘さがほどよく抑えられ、ちょうどいい塩梅になってくれるかもしれない。

さっそく思いつきを伝えたところ、藩主はすぐさま乗ってきた。

「では、帰りに山へ立ち寄り、いくつかもいで帰れ。それからまた日を改めて試してみればよい」

松平伊豆守が言った。

「はっ、そういたします」

はつねやのあるじが小気味いい礼をした。

七

藩主が立ち寄ることはすでに知らされていたらしく、庄屋は家族総出で出迎えた。

あるじの善右衛門は紋付き羽織袴に威儀を正している。

「このたびは、畏れ多くもお殿様のご来駕を賜り、恐悦至極に存じます」

庄屋はそう言って深々と頭を下げた。

「さような堅苦しい礼はよいぞ。のちに田畑を見させてもらうゆえ、動きやすい衣服に改めてまいれ」

松平伊豆守はそんな気遣いを見せた。

「はっ、ではそのおりに」

庄屋はそう答えて顔を上げた。

いかにも物持ちらしい福相で、両の耳たぶが厚い。

庄屋の屋敷に入り、奥の座敷に通ると、藩主をもてなす料理が並べられていた。

「すまぬな。気を遣わせてしもうた。案内だけでかまわなかったのだが」

藩主が言った。

「相済まないことで」

まだ硬い顔つきで庄屋がまた頭を下げた。

魚はイガミではなく、活け造りの鯛だった。屋敷の者がさばいたらしく、だいぶ曲がってはいるが、まあそこはそれだ。

ほかに、畑で穫れた大根と人参の煮物や、大根菜のお浸しなど、素朴な料理が並んでいた。高野豆腐や煮豆もある。心づくしの田舎の料理だ。

「大根の身が締まっていてうまいな」

藩主が笑みを浮かべた。

「ここいらは土がよろしいもんで、ええ味の野菜が穫れます」

やっとほぐれてきた表情で庄屋は答えた。

「この甘藷飯も美味だ」

松平伊豆守はそう言って箸を動かした。

「玉浦の田畑はそんなに広く取れんのですが、山際の台地で甘藷を栽培でけますもんで」

善右衛門が助け舟を求めるように甥の顔を見た。

「玉浦の甘藷は、ことに甘みが深いんですわ」

吉田弥助が笑みを浮かべる。

末席で控えめに箸を動かしていた音松がうなずいた。

この味なら、菓子にも使えそうだ。

はつねやのあるじは手ごたえを感じた。

「ならば、帰りにいくらか持ち帰れ、はつねや」

音松の心を見透かしたように藩主が言った。

「そうさせていただければ幸いです」

若き菓子職人が頭を下げた。

「この者は江戸から連れてきた菓子舗のあるじだ。わが玉浦の特産品を用い、長く親しまれる銘菓を創出すべく、これからおおよそ半年のあいだ励んでもらうつもりだ。よしなに頼む」

藩主は庄屋に言った。

「承知しました」

善右衛門は藩主に向かって一礼すると、音松に向かって言った。

「要り用のものがあったら、なんぼでも持っていってください」

福相に笑みが浮かぶ。

「ありがたく存じます。では、甘藷に加えて、山の橙をいくつかいただければと。しぼり汁を柿羊羹に入れてみたいもので」

音松は言った。

「それでしたら、なんぼでも」

庄屋はすぐさま答えた。

「ほな、伯父さん、あとで山のほうへ案内して、いくつかもいで帰るわ。着替えるのが難儀やろ？」

弥助が善右衛門に言った。

「ああ、そうしてもろたら助かるわ。橙が植わってるとこは斜面が急やさかいに」

庄屋は笑みを浮かべた。

こうして話がまとまった。

膳がひと区切りついた一行は、弥助の案内で山のほうへ向かうことになった。

第五章　蜜柑大福と柿大福

一

「おや、あれは……」

庄屋の屋敷を出たところで、音松は足を止めた。

筵《むしろ》の上に干からびた黄色い皮がいくつも置かれている。

「蜜柑の皮を干してるんですわ」

吉田弥助が教えた。

「陳皮《ちんぴ》をつくっとります」

見送りに出た庄屋の吉田善右衛門が言った。

「陳皮とは薬ではなかったか」

松平伊豆守が問うた。

「はい、風邪引きのときに煎じてのむと治りが早いと言われてますんで」

庄屋が答えた。

「七味唐辛子のなかにも入っているはずです」

音松が聞き及んでいたことを伝えた。

「なるほど。いろいろな使い方ができるわけだな」

藩主がうなずいた。

「菓子づくりには役に立たないか」

吉浜大次郎がはつねやのあるじの顔を見た。

「蜜柑の実のほうが向いていることはたしかですが、陳皮の苦みも活かせるかもしれません」

少し思案してから、音松は答えた。

「柿羊羹に橙のしぼり汁を入れるようなものだな」

藩主が言った。

「さようです。甘すぎるところを抑えて、深みを出すためには、あれが重宝かもしれません」

音松は陳皮を指さした。

「ほな、もうひと乾きなので、でけたら御殿へ届けましょう」

庄屋が笑みを浮かべた。

「言うてくれたら、走って取りにくるさかいに、伯父さん」

弥助がすぐさま言った。

「ああ、分かった。ほな、頼むわ」

庄屋は右手を挙げた。

こうして、陳皮を入手する段取りが整った。

二

庄屋の家を出た一行は、ゆっくりと山のほうへ向かった。

馬では難儀な道になるため、途中で下り、従者に託した。

「駈けたりできず、すまぬな。しばし待っておれ」

松平伊豆守は馬のたてがみをなでながら言った。

馬の労にまで気を配る藩主だ。

しばらく進むと、登り坂がきつくなってきた。

「ここいらが甘藷の畑ですわ」

案内役の弥助が指さした。

「先に橙で、帰りに甘藷だな」

藩主が言った。

「甘藷は生まれ育った田端村でつくっておりますので、収穫はお手の物です」

音松が笑みを浮かべた。

付き従っている小者が鍬《くわ》を借りてきている。背には籠も負うているから、支度は万端だ。

「たしか、甘藷の水飴をつくっておるのだな」

と、藩主。

「はい。わらべ向けの松葉焼きは、素朴な味わいの甘藷水飴を使っております」

音松が答えた。

「甘藷からもうまい菓子をつくってくれ」

松平伊豆守が言った。

「はっ」

はつねやのあるじの顔つきが一段と引き締まった。

甘藷畑をいったん通り過ぎ、ぽつぽつと黄色いものが見える山の斜面を慎重に登っていった。

「おお」

途中で振り向いた藩主が声をあげた。

一行も立ち止まり、振り向く。

「海が青い盆のようだ」

松平伊豆守が指さした。

「美しゅうございますな」

弥助が言う。

「ほんに、画《え》のような景色で」

音松は瞬きをした。

「竈から立ち上る煙も見える。それぞれの家で、民がそれぞれの暮らしを営んでいる。そのさまも美しい」

藩主は目を細くした。

「玉浦は思ったよりはるかに美しいところでした」

吉浜大次郎が言った。

「そうだな。心地いい風が吹き、御恩の光に照らされれば、なおのこと美しくなる。小なりといえども、かけがえのないわが領地だ」

松平伊豆守が言った。

菓子もそうだ、と音松は思った。

小なりといえども、そして、すぐ胃の腑に消えて跡形もなくなる儚《はかな》いものでも、そのたたずまいや味はかけがえのないものだ。

一行はしばらく同じ景色を見ていた。

いまは冬枯れだが、田畑の作物が育つころには、景色に青みが加わり、さらに美しくなるだろう。

「よし、参るか」

藩主が言った。

「はい」

音松が真っ先に答えた。

その日、山では橙を、畑では甘藷を収穫した。

籠一杯の収穫を得て、音松は屋敷に戻った。

三

翌日——。

橙のしぼり汁を入れた柿羊羹の改良品ができあがった。

「二つつくったから、舌だめしをしてくれ」

音松は竹吉に言った。

「わいでええのんか？」

料理人がおのれの胸を指さした。

「いきなり殿にはお出しできないので。それに、干し柿はもうほとんどない。今日で味を決めたら、最上品の寒天を使って勝負しようと思う」

音松の声に力がこもった。

「なるほど。もう一年おるわけにもいかんさかいにな」

竹吉がうなずいた。

「初めの菓子だから、柿羊羹はここで仕上げたいところだな」

音松が言った。

「ええのができたら、勢いがつくで」

竹吉が笑みを浮かべる。

「そうだな。その勢いで、どんどんいいものをつくりたいもんだ」

音松も笑みを返した。

「よっしゃ。舌だめししたろ」

料理人が両手を打ち合わせた。

「いま切るから」

菓子職人がすぐさま動いた。

出された二種の柿羊羹を、竹吉は何度も嚙んで味わった。

「どうだ？」

待ちきれないとばかりに、音松が問うた。

「うーん……」

料理人は考えこんだ。

塩などをどれくらい足せばいいか、日ごろから思案しながら調理している。舌はたしかだ。

「こっちが橙のしぼり汁を沢山《ようけ》入れたほうやな」

竹吉が指さした。

「そうだ。こちらは控えめにしてある」

音松が答えた。

「どっちかといえばこっちやけど」

橙のしぼり汁が多いほうの柿羊羹を手で示してから、竹吉は続けた。

「この真ん中があったらちょうどええと思う」

料理人はそう言った。

「こっちは多すぎるか」

音松が問う。

「うん、ちょっと酸《す》い。逆に、こっちは甘いままや。この二つの中を取ったらちょうど良うなるはずや」

竹吉は手ごたえありげに言った。

「分かった。それでやってみるよ。助かった」

音松は白い歯を見せた。

四

とろとろの干し柿はとうとう終《しま》いものになった。

泣いても笑っても、これが最後の柿羊羹だ。

江戸から持参した棒寒天を使い、音松はねじり鉢巻きで作業に当たった。

その手元を、竹吉がじっと見ながら、ときおり書き物をしていた。厨は始終忙しいわけではない。むしろ、暇なときのほうが多い。

そこで、菓子づくりもできるだけ憶えてもらうことにした。そうしておけば、音松が江戸に戻ったあとも、若い菓子職人につくり方を引き継ぐことができる。ときおり質問を発しながら、竹吉は柿羊羹づくりの勘どころを書きとめていた。

氷室で充分に冷やすと、いい塩梅の柿羊羹ができあがった。

改良された品は、藩主のもとへ届けられた。

いよいよ最後の舌だめしだ。

「おお、できたか」

松平伊豆守が言った。

「はい。終いものの干し柿でつくりました。これが最後です」

かなり硬い表情で、音松は言った。

「色合いは良いではないか」

藩主が言う。

家老の藤光大膳と用人の兼本新之丞にも柿羊羹と茶が出された。

音松はちらりと胸に手をやった。

これで駄目だと言われても、とろとろの干し柿はもうない。そう思うと、崖の縁に立っているような心地がした。

「どうぞお召し上がりくださいまし」

はつねやのあるじはそう言って頭を下げた。

心の臓の鳴る音が聞こえるかのようだ。

「うむ、では」

藩主が真っ先に羊羹に黒文字（楊枝《ようじ》）を伸ばした。

家老と用人も続く。

言葉が発せられるまでの時が、いやに長く感じられた。

「はつねや」

松平伊豆守が口を開いた。

「はっ」

音松は短く答えた。

「これは玉浦の銘菓になるぞ。よくやった」

藩主は満面の笑みで告げた。

それを聞いて、胸に詰まっていたものがすーっと溶けていくような心地がした。

「ありがたく存じます」

音松は一礼した。

「このたびの柿羊羹は、ちょうど良い甘さだ。甘からず、あとを引く。歯ごたえも良い塩梅だ」

松平伊豆守は満足げに言った。

「江戸から持参した信州茅野の寒天を使いましたゆえ」

はつねやのあるじが告げた。

「柿の風味も申し分がない。これからは毎年の楽しみになろう」

藩主はそう言って家臣たちの顔を見た。

「この歳になるまで、さまざまな菓子を口にしてきましたが、これがいちばんうまく感じられました、殿」

家老が言った。

何よりの言葉だ。

「信州茅野の寒天はもう手配したゆえ」

用人が音松に言う。

「ありがたく存じます」

音松は両手をついて頭を下げた。

「玉浦の特産品は柿だけではないぞ、はつねや」

松平伊豆守が謎をかけるように言った。

「はい、分かっております」

音松は顔を上げて答えた。

「次は何だ。陳皮か？」

そう問う。

「皮よりも、実のほうをと。氷室に入っている晩生の蜜柑を早く使いませんと」

音松は答えた。

「分かった。楽しみにしておるぞ。引き続き、励め」

紀伊玉浦藩主が言った。

「はっ」

音松は気の入った返事をした。

五

「これはちょっと使えないな」

蜜柑を検分しながら、音松が言った。

「腐ってるんか」

竹吉が問う。

こちらは料理の仕込みで、大根をじっくり煮ているところだ。冬場は風呂吹き大根がうまい。

「ああ。腐りかけの蜜柑はいちばん甘いけれど、腐ってしまったら使えないから」

音松は答えた。

「そら、そやな。殿が腹でも下されたら大事やさかいに」

料理人が言った。

「使えるのだけ選んでつくるしかないな」

やや困った顔つきで、音松は言った。

「気張ってやりや」

竹吉が励ました。

腐りかけでやわらかくなった蜜柑でどんな菓子をつくるか、音松は思案した。

羊羹も考えたが、柿羊羹をつくったばかりだ。次は目先を変えたものにしたかった。

思案した末に音松が選んだのは、大福だった。

蜜柑大福だ。

蜜柑を丸ごと使い、白餡と求肥の生地でくるむ。甘くて酸味もある蜜柑は、大福ときっと合うはずだ。

音松はさっそく試作をした。

生地がいささかやわらかすぎてくるむのに難儀をしたが、どうにか蜜柑大福ができあがった。

舌だめしをしたのは竹吉だけではなかった。

竹吉のいとこで、自ら志願して厨に入った若者も加わった。

その名を梅造《うめぞう》という。

玉浦特産の梅にちなむ名で、竹吉から江戸の菓子職人が来ていると聞いて、矢も盾もたまらず半ば直訴するかたちで厨に入った。これまでは父祖伝来の田畑を耕してきたが、かねて物づくりに興味があり、できることなら菓子づくりを学んで、海に近い街道筋に茶見世を出せればという夢を抱いていた。

音松にとっても、紀伊玉浦藩にとっても、それは願ったり叶ったりだ。菓子職人がいなければ、銘菓の伝統は続かない。

というわけで、梅造も御殿に住みこみ、菓子づくりと料理を手伝うことになった。

しかし……。

二人の舌だめしはあまり芳しくなかった。

「これはちょっと食いにくいのとちゃいますか」

いちばん年若の梅造が包み隠さず言った。

「味はともかく、べちゃっと手ェにくっつくさかいに」

竹吉も顔をしかめた。

「求肥がやわらかすぎたな」

音松は苦笑いを浮かべた。

「しっかり硬いほうがよろしいな」

梅造が臆せず言った。

「かぶりつくより、包丁で半分に切ったらちょうどええくらいにしたほうがええで。べちゃっと蜜柑も飛び出てきてえらい食いにくいさかいに」

竹吉がそう言って、手にくっついたものをなめた。

「分かった。つくり直すよ」

音松はそう請け合った。

「蜜柑はあとちょっとしかないで」

と、竹吉。

「柿羊羹のときと同じだ。最後にいいものを出すから」

おのれを鼓舞するように、はつねやのあるじは言った。

六

うまくなれ、うまくなれ……。

そんな気をこめながら、音松は求肥をつくり直した。

今度は申し分のない硬さになった。

手ごたえがあった。

「よし」

音松は声を発した。

「でけたか」

案じていた竹吉が問うた。

「ああ、できた。これが駄目なら、来年つくり直してくれ」

音松は梅造に言った。

「承知で」

若者は白い歯を見せた。

こうしてつくり直した蜜柑大福は、しっかりした手ごたえになった。

これなら大丈夫そうだ。

「そのまま出すのんか」

竹吉がたずねた。

「殿の目の前で切ろうと思う。ちょっと蜜柑の汁がこぼれるかもしれないけど」

音松は答えた。

「そのほうがうまそうに見えますやろ」

梅造が笑みを浮かべた。

支度は整った。

蜜柑大福が藩主と家臣のもとへ運ばれた。

「できたか」

松平伊豆守が身を乗り出してきた。

「はい。いまお切りします」

音松は小ぶりの包丁を取り出した。

「手でつかんでかぶりつくのではないのだな」

藩主が言う。

「初めがやわらかすぎたため、このたびは硬めにつくりましたが、手にくっつかぬように切ってから匙で召し上がっていただきます。では」

はつねやのあるじはふっと一つ息をつくと、蜜柑大福に包丁を入れた。

果汁がいくらか飛んだが、大福はきれいに切れた。

「ええ匂いがしたな」

家老が言った。

「匙だと食べやすそうです」

用人が小皿に添えられているものを指さす。

ほどなく、舌だめしとなった。

晩生の蜜柑で使えるものは、氷室にもう残っていない。音松は祈るような思いで見守っていた。

「うむ……」

藩主が蜜柑大福を胃の腑に落とした。

「求肥がしっかりしていて、中の甘い蜜柑とよく響き合っている」

松平伊豆守は満足げに言った。

「うん、うまい」

家老がうなずく。

「これは美味ですな」

用人の兼本新之丞が笑みを浮かべた。

「白餡の加減もちょうどいい。また一つできたな、はつねや。この調子で励め」

藩主が笑みを浮かべた。

「はっ」

音松は小気味いい礼をした。

七

「これでひとまず峠を越したよ」

肩の荷を下ろしたように、音松は言った。

「よかったな。で、次は何や」

竹吉が問うた。

「まだ使っていないのは、甘藷と陳皮だね。甘藷は教わったり書物で学んだりしたものがあるから、追い追いつくることにしよう」

音松は答えた。

「陳皮はどないするんです?」

梅造がたずねた。

「蜜柑の皮を乾かしたもんやさかいに、だいぶ苦いで」

竹吉が首をかしげた。

「蜜柑の大福の評判が良かったから、柿も大福にしたらどうかと思う。陳皮はそこで」

音松は思いつきを口にした。

「えっ。そやけど、氷室にはもう干し柿はないで」

竹吉が驚いたように言った。

「今年の秋に穫れる柿の実の話だよ。つくり方だけ決めて、あとは舌だめしをしていただいてから手直しをすればいい」

はつねやのあるじが言った。

「すると、わてがつくりますんやな」

梅造がおのれの胸を指さした。

「そうだ。いずれ街道筋に出す茶見世の名物になるような菓子になればと」

弟子とも言うべき若者に向かって、音松は言った。

「そら、気張ってやりますわ」

梅造は二の腕をたたいた。

「で、陳皮も柿大福に使うんか？」

竹吉がややいぶかしげに問うた。

「秋の柿大福は、干し柿じゃなくて、生の柿の実を使う。柿の実と白餡と砂糖をよく煮てとろとろになるまで溶かす。そのときに陳皮を入れると、甘くなりすぎずに深みが出るはずだ」

はつねやのあるじは思案してきたことを告げた。

「柿の実はみな溶かしてまうんですか？」

梅造がたずねた。

「それやと、柿と分からへんのとちゃうやろか」

竹吉はあごに手をやった。

「香りはするけれど、それでは弱いか」

音松も首をひねった。

「甘《あも》う味つけした柿の実も包んだらどうですやろ」

梅造が知恵を出した。

「ああ、そのほうが嚙み味も違っていいかもしれないな」

音松はただちに言った。

「だいぶ決まってきたで」

竹吉が笑みを浮かべた。

「ほかに何か案はないか？」

音松は梅造に問うた。

「そうですなあ……色はただの大福のままですやろか」

ふと思いついたように若者が言った。

「ひょっとして、柿の色にするんか？」

竹吉がそれと察して訊いた。

「そうですねん。見た目も柿で、食うても柿。これがほんまの柿大福」

梅造は唄うように答えた。

「柿を煮溶かしただけでは鮮やかな柿色にならないだろうが、求肥を柿色にすることはできる」

音松はそう言って、色を混ぜて柿色にするやり方を伝授した。

「なるほど、それで柿らしゅうなるな」

竹吉が笑みを浮かべた。

「あっ、それやったら」

梅造がひざを打った。

「また何か思いついたか」

音松は頼もしそうに若者を見た。

「柿のへたを大福に載せてみたらどないですやろ。こら、ほんまもんのへたやさかい、なおのこと柿に見えますて」

梅造は自信ありげに言った。

「へたは上生菓子でつくるという手もあるけれど」

はつねやのあるじは腕組みをした。

「それは技が要るのとちゃうか？」

竹吉が問うた。

「それなりに修業してもらわないと、さまになるものにはならないかもしれないな」

音松は答えた。

「それやったら、やっぱりほんまもんのへたを使《つこ》たらええのとちゃいますか。へたはほんまもんやさかい食わんといてくださいってお客さんに言うたらええんで」

梅造が笑みを浮かべた。

「そのうち、お客さんも心得てくれはるやろうからな」

竹吉も和す。

「分かった。では、本物のへたを使おう」

音松は折れた。

こうして、柿大福のおおよそのつくり方が決まった。

「ほな、秋に試してみるわ」

竹吉が明るく言った。

「殿に舌だめしをしていただいて、あかんとこを直しますよってに」

梅造も和す。

「ああ、頼むよ」

たしかな手ごたえを感じながら、音松は答えた。

第六章　しらす煎餅

一

「海のほうへはまだ行っていなかったな、はつねや」

ある日、ふらりと厨に立ち寄った藩主が言った。

「はい、いまのところ遠くから眺めているばかりで」

甘藷の下ごしらえをしながら、音松は答えた。

細い短冊形に切って水にさらし、あくを抜いておく。それをからりと揚げて味をつけるつもりだった。

「ならば、今日は天気も良いし、網元をたずねることにしよう。支度をしてついてまいれ」

松平伊豆守が言った。

「はっ、承知しました」

音松は少しあわてて答えた。

「学びになるだろうから、そなたらも来い」

藩主は竹吉と梅造にも声をかけた。

「へ、へえ」

「いまから支度しますんで」

若い二人は急いで支度を始めた。

ほかには案内役の吉田弥助とお付きの吉浜大次郎、それに馬の世話をする従者が加わった。

馬に乗った藩主とともに、ゆっくりと坂を下り、海辺の網元の住まいを目指す。

「十年ほど前に高波が来て、沢山《ようけ》人死にが出たもんで、かさ上げをしたとこへ住まいを移したんや」

弥助が音松に教えた。

「それはそれは、大変なことで」

音松の顔つきが曇った。

江戸でもさまざまな災いが起きるが、紀州でも同じらしい。

「ほかにも、大雨で崖崩れが起きたり、大あらしで家が飛ばされたり、いろいろと難儀なことがあったようだ。そのたびに民はぐっとこらえ、暮らしを立て直してきた。わが藩のほまれだ」

藩主が感情をこめて言った。

「民あらばこその藩ですからね」

吉浜大次郎も言う。

「そうだ。藩主あらばこそではない。民がそれぞれの暮らしを営んでいればこそだ」

松平伊豆守はそう言って行く手の海を見た。

潮の香りが増してきた風を感じながら、音松も同じ海を見た。

春の光を悦《よろこ》ばしく受けて、海の青が鮮やかになった。

二

「おお、これはしらすだな」

作業小屋に入るなり、藩主が言った。

「へい、釜揚げにしてから、天日干しにしますんで」

ねじり鉢巻きの男が手を動かしながら言った。

「よろしかったら、つまんで食うてみてくださいまし。お付きのみなさんも」

網元がにこやかに言った。

その名も浜太郎《はまたろう》という。

船を何艘も持ち、底引き網などでも漁を行っている。ここいらではいちばんの顔役だ。

「そのままでよいのか」

藩主がたずねた。

「小皿に取って、醬油をちょっとたらしてもろたら、なおのこと美味ですわ」

浜太郎は笑顔で答えた。

さっそく舌だめしになった。

「ああ、これはうまいな」

松平伊豆守が言った。

「料理人の出る幕がないくらいうまいですわ」

竹吉がいくらかあいまいな顔つきで言う。

「そんなこと言わんと、うまいもんをつくってや。天日干しのしらすもあるさかいに」

網元が言った。

「へえ、すんまへん」

若い料理人は素直に頭を下げた。

「菓子には使えぬか、はつねや」

藩主が問うた。

「釜揚げのしらすはさすがに無理かと」

音松は首をかしげた。

「しらす羊羹はあまりうまそうやないな」

弥助が苦笑いを浮かべる。

「しらす大福とかもちょっと」

大次郎も和した。

「天日干しのほうのしらすやったら、かき揚げにしたりできますわ」

竹吉が言った。

「ああ、それなら……」

音松の脳裏に案が浮かんだ。

「しらすで煎餅ならできるかも」

半ば独りごちるように言う。

「しらす煎餅か」

耳ざとく聞きつけた藩主が言った。

「はい。つなぎなどを工夫すれば、そのうちできるかと」

はつねやのあるじは答えた。

「ならば、気張ってつくれ」

藩主が笑みを浮かべた。

「はいっ」

音松はいい声で答えた。

三

釜揚げしらすを味わった一行は、網元の案内で浜に出た。

女たちも浜に出て、網の繕い仕事に精を出している。

しらすの天日干しも行われていた。まだ干しはじめたばかりのものと、おおかた仕上がったもの、その色合いで察しがつく。

干されているのはしらすばかりではなかった。魚もあれば、海藻もほうぼうに吊るされている。

「あれは若布か?」

藩主が指さして問うた。

「若布に似てますけど、ヒロメっていう海藻でして」

網元が答えた。

「ぷりぷりしててうまいんですわ」

「よかったら、持っていっておくんなはれ」

海の女たちが気安く言った。

「酢の物が美味でしてな」

網元が言う。

「ほな、さっそくつくります」

竹吉が笑みを浮かべた。

「それから、若布もそやけど、こうやって湯にくぐらせてしゃぶしゃぶして、だし醤油につけて食うたらなんぼでも食べられますで」

網元が手つきをまじえて言った。

「なるほど、それはうまそうだ」

藩主が乗り気で言った。

「それもやってみますんで」

料理人が請け合った。

「煮奴に入れても良いかもしれぬな」

松平伊豆守が言った。

奴豆腐と葱をだしで煮ただけの簡便な江戸料理だ。湯豆腐もいいが、味のしみた煮奴は冬場にはこたえられない。

「なら、そうしてみます」

竹吉がすぐさま言った。

ヒロメに続いて、しらす干しを検分した。

「おおかた乾いてますな」

網元が出来をたしかめてから言った。

「これは大根おろしと醤油をかけて飯をわしわし食うのがうまいな」

藩主が言った。

「昨日もお出ししましたんで」

料理人が笑みを浮かべた。

「ほな、ちょうど浜鍋もやってるみたいなんで、一緒にどないです?」

網元が水を向けた。

「そうか。ならば、浜鍋にまぜてもらおう」

民との交わりを好んで求める藩主が言った。

四

「苦しゅうない。今日は忍びだ」

網元の浜太郎から正体を明かされた藩主が言った。

「へ、へえ」

「そやけど、お殿さまがわいらと鍋を食うとは」

「こらびっくりした」

海の男たちが口々に言った。

思わず平伏しようとして止められたところだ。

「通りすがりのお武家さまやと思て、楽にせえ」

網元が言った。

「へえ」

「ほかの人はみなお付きで？」

よく日焼けした男がたずねた。

「この者は江戸から来た菓子職人だ」

藩主が音松を紹介した。

「谷中のはつねやのあるじで、音松と申します」

谷中と言っても通じないかと思いつつ、音松はあいさつした。

「わては御殿の厨をやらせてもろてる竹吉っちゅうもんです」

料理人が続けて名乗る。

「その弟子みたいなもんです」

梅造が控えめに告げた。

「そうか。お屋敷には魚を入れさせてもろてるわ」

「釣ったばかりの鯛やさかいに、なんぼでも食うてや」

「味噌を溶かして、大鍋で煮ただけやけどな」

「蛤も入ってるさかいに、ええ味は出てるで」

海の男たちが口々に言った。

「これは干してあったヒロメだな」

松平伊豆守が箸で海藻をつまんだ。

「へえ、そのとおりで」

「魚と一緒に食うたらうまいですで」

早くも打ち解けてきた男たちが言う。

そのうち、茶碗酒も回ってきた。音松は遠慮したが、藩主は臆せず口をつけた。

「やはり釣りたてはうまいな」

鯛の身を胃の腑に落としてから、藩主が言った。

「玉浦の魚は日の本一で」

「海の恵みですんで」

おのれも箸を動かしながら、漁師たちが言った。

「こうして美しい海を眺めながら食す浜鍋は格別だ」

松平伊豆守は満足げに言った。

音松がうなずく。

谷中は海から離れているから、浜鍋などは望むべくもない。味噌を溶いただけの素朴な味つけだが、心にしみる味がした。

「海は宝やさかいに」

「ときどき牙を剝きますけどな」

一人の漁師が少し顔をしかめた。

「十年ほど前は高波で大変だったと聞いたが」

藩主が箸を止めて言った。

「ここの浜でも沢山人死《ようけ》にが出ました」

「あれをきっかけに高台に移りましたんで」

「いまも月命日の供養をしてますわ」

海の男たちが言った。

「そやけど、高波が治まったあと、浜へ後片付けに出てみたら、海は前と変わりなくきれいでしてなあ」

網元が感慨深げに言った。

「わいもよう憶えてますわ。文句の一つも言うたろと思て来てみたら、ほんまに夢みたいにきれいでなあ」

「たまに災いはあっても、海は宝やさかいに」

「ほんまや。暮らしていけるのは海のおかげや」

浜鍋をつつきながら、海の男たちが言った。

「これからは、毎日ありがたく食わねばな」

藩主が言った。

「拝んでからさばくようにしますわ」

竹吉が両手を合わせた。

音松はまた鯛の身を口中に投じた。

その味が、ことに深く感じられた。

五

浜からは干し魚としらす干しをふんだんに持ち帰った。

音松はしらすを用いて、さっそく煎餅づくりにかかった。

塩ゆでをして冷ましたものが釜揚げしらすで、それを天日で干したものがしらす干しだ。塩気はついているから、むやみに味を足すことはない。

つなぎに何を使うか、そこが思案のしどころだった。

小麦粉、米粉、でんぷん。

あるいは、つなぎを使わず、しらすだけで揚げるという手もある。青菜を刻んでつなぎの代わりにしてもいい。ゆでた里芋をつぶすという手もある。

「考えだしたらきりがないな」

厨で手を動かしながら、音松は言った。

「片端からつくって舌だめしをしてみたらどないや」

竹吉が言った。

「そうだな。それがいちばんの近道だ」

音松はうなずいた。

「茶菓子か酒の肴かでも違ってきますやろ」

梅造が言った。

「そうだな。酒の肴にもなる茶菓子がいいかもしれない」

音松は少し思案してから答えた。

「あくまでも看板は茶菓子やな」

と、竹吉。

「それなら、砂糖も足さないと」

音松は答えた。

それからしばらく、さまざまなしらす煎餅が試された。

もとのしらす干しの出来がいいから、どれもそれなりのものにはなった。箸にも棒にもかからない不出来な煎餅は一つもなかった。

しかし、それだけに目移りがして決めかねた。

「殿に舌だめしをしていただくとしても、もう少し絞らなければな」

音松は首をかしげた。

「つなぎをどうするか、そこが決まったらあとはいけまっしゃろ」

梅造が明るく言う。

「そうだな。どれがいちばんいいと思う?」

竹吉と梅造に向かって、音松はたずねた。

すでにひとわたり舌だめしをしてもらっている。あたりにはとりどりのしらす煎餅が置かれていた。

「やっぱり、これかな」

竹吉が煎餅の一つを手に取った。

「米粉だな」

と、音松。

「そや。天麩羅もそやけど、米粉を使《つこ》たらぱりっとするねん」

竹吉が答えた。

「初めて知りましたわ」

若い梅造が言った。

「なら、米粉でいこう」

はつねやのあるじは両手を打ち合わせた。

「あとは味やな」

竹吉が言う。

「しらすのほんのりとした塩気だけで勝負するか、塩気を足すか。逆に、砂糖を多めにして菓子っぽくするか」

音松は腕組みをした。

「いろいろ足したりまぜたりする手もありまんな」

梅造が言った。

「青海苔や黒胡麻がいいかもしれない」

音松は答えた。

「それなら、いろいろつくって殿に舌だめしをしてもろたらどないや」

竹吉が水を向けた。

「そうだな。そうすることにしよう」

引き締まった表情で音松は答えた。

こうして、相談がまとまった。

六

「おお、できたか」

姿を現すなり、松平伊豆守が言った。

「はい。いろいろなしらす煎餅をつくってまいりました」

音松は小皿を並べだした。

梅造も手伝い役で来ている。舌だめしのほうは、藩主のほかに家老と用人、それに吉浜大次郎だ。

「まずは塩味から。食べやすいようにいくらか砂糖もまぜております」

音松がそう説明した。

「うむ。では、さっそく」

藩主が手を伸ばした。

ぱりっ、と小気味いい音が響く。

「米粉を使っておりますので、ぱりぱり召し上がれます」

音松は笑みを浮かべた。

「おお、これはいい。良い焼き加減だ」

松平伊豆守の言葉を聞いて、音松はほっと胸をなでおろした。

「臭みもなくてうまいな」

家老が言った。

「お茶にも酒にも合いそうです」

用人も満足げな顔つきだ。

「これは黒胡麻だな」

吉浜大次郎がべつのしらす煎餅に手を伸ばした。

「はい。黒胡麻と青海苔をまぜたものをご用意しました。あと一つ、砂糖を多めに使った甘口もございます」

はつねやのあるじはここぞとばかりに言った。

「みなで四種だな」

藩主が訊く。

「さようです。そこまで絞りこむのが難儀でした。ほかに、小麦粉やでんぷんなどもいろいろ試してみましたので」

音松が答えた。

「しらす煎餅ならそれなりに日保ちがするゆえ、玉浦の銘菓となろう。……どれ、青海苔を試すか」

松平伊豆守はべつのしらす煎餅に手を伸ばした。

「磯の香りがするな」

先に家老が言った。

「これもいい塩梅で」

用人が和す。

「うむ、美味なり」

藩主が白い歯を見せた。

「ありがたく存じます」

音松は頭を下げた。

最後に残った甘口のしらす煎餅もなかなかの好評だった。

「これならわらべが喜びそうだな」

大次郎が笑みを浮かべた。

「ええ。こちらはお菓子寄りなので」

と、音松。

「老若男女、いずれもが楽しめる味だ。よく気張ったな、はつねや」

藩主が労をねぎらった。

「はっ。次は甘諸に取り組みます」

気の入った声で音松は答えた。

「楽しみにしているぞ」

藩主の顔がなおいっそうほころんだ。

七

「甘藷の天麩羅も米粉で揚げたらうまいで」

厨で手を動かしながら、竹吉が言った。

「やっぱり揚げるのがいちばんだから」

甘藷をひと口大の大きさに切りながら、音松が答えた。

細い短冊切りにすることも考えているが、まずはこのやり方だ。切り終えたところから水にさらしてあくを抜く。

「味つけは砂糖か？」

竹吉が訊いた。

「もちろん砂糖も使うが、隠し味に醬油も使おうかと思う」

音松は答えた。

「ああ、それはこくが出そうですな」

甘藷切りを手伝っている梅造が言った。

手際は音松にも引けを取らない。舌もたしかだから頼りになる男だ。

あくを抜いた甘藷はよく水気を切り、平たい大鍋に油を入れて揚げた。

甘藷が狐色に染まってきたところで砂糖と水を加え、飴状にしてよくからめていく。

「このあたりで醤油ですな」

見守っていた梅造が言った。

「そうだな。照りを出すために味醂も入れよう」

音松が段取りを進めた。

やがて、いい塩梅の甘藷の甘煮ができあがった。

さっそく厨で舌だめしをする。

「できたてはうまいわ」

竹吉が笑みを浮かべた。

「ええ感じに飴がからんでます」

梅造も満足げに言う。

「ただ……何かひと味足りないような気もするな」

音松は首をひねった。

「何やろな」

竹吉があごに手をやった。

「しらす煎餅とおんなじもんを使てみたらどないでしょう」

梅造が案を出した。

「なるほど、黒胡麻か」

音松はひざを打った。

「青海苔よりは黒胡麻やろな」

竹吉が言う。

「なら、さっそく試してみよう」

音松がすぐさま動いた。

甘藷の甘煮に黒胡麻を振ると、味に深みが増した。

見た目もいいし、いけそうだ。

「今日の夕餉に出してみよか」

竹吉が水を向けた。

「そうだな。これだけのために殿に舌だめしをしていただくわけにもいかないから」

音松が答えた。

かくして、段取りが整った。

甘藷は甘煮のほかにかき揚げにも使った。人参とともに細い短冊切りにして、青菜などもまじえてかき揚げにすると、甘藷の甘みがなお活きる。

膳の顔は、海の恵みの鯛の煮つけだ。これにしらすおろしと蛤吸いがつく。

松平伊豆守はどれもうまそうに平らげていた。

最後に、音松が甘藷の甘煮を運んでいった。

「舌おさめの菓子に似た料理をおつくりしました」

そう言いながら皿を置く。

「ほう。黒胡麻が振ってあるのだな」

藩主が覗きこんで言った。

「さようです。甘藷の甘煮でございます」

音松は一礼した。

松平伊豆守はさっそく箸を伸ばした。

「うむ、甘くてうまい。これは舌おさめにちょうどいい」

藩主の表情がゆるんだ。

「いずれは茶見世でも出せるのではないかと」

音松は言った。

「ああ、茶に合うな」

と、藩主。

「わらべも喜ぶことでしょう」

はつねやのあるじが言う。

「ならば、江戸へ戻ってからもつくってみよ」

紀伊玉浦藩主が笑みを浮かべて言った。

「はっ、そういたします」

そう答えた音松の脳裏に、はつねやのたたずまいがくっきりと浮かんだ。

第七章　銘菓玉の浦

一

「江戸なら花見の季《とき》だな、はつねや」

御殿の縁側で茶を呑みながら、松平伊豆守が言った。

「さようでございますね。桜餅をよくつくりました」

いくらか遠い目で音松は答えた。

塩漬けにした桜の葉で餡餅を巻くと、ことのほかうまい。その味がだしぬけにありありと思い出されてきた。

「江戸の上屋敷にも、小ぶりの桜の花が植わっているのだ」

藩主はそう明かした。

「それは初耳でございました」

音松が答えた。

「まだどうにか花を愛でられるくらいだが、いずれ玉浦にも植えようかと思う。上屋敷だけではなく、海へそそぐ小川の土手にでも植えて並木にすれば、民も花見をすることができよう」

松平伊豆守は先の夢を語った。

「よろしゅうございますね。ちょうど海も見えて、さぞや画《え》のように美しい景色になりましょう」

音松は笑みを浮かべた。

「折にふれて沖合を白帆の船が通るからな」

藩主がうなずく。

「なおのこと美しいです」

音松は瞬きをした。

「小なりといえども、美しい桃源郷のごとき国にせねばな。それにふさわしい菓子をつくってくれ」

藩主はそう言って、草団子を口中に投じた。

「承知しました。甘藷のほうは手間取っておりましたが、甘煮に続く細切りもようやくものになりそうです」

はつねやのあるじが伝えた。

「そうか。近々、また庄屋の屋敷へ行くが、ならば土産に持っていくか」

藩主が水を向けた。

「そういたします」

音松はすぐさま答えた。

「それから、この草団子だが……」

団子を胃の腑に落としてから、藩主はいくらか首をひねった。

「団子は小さいので、餡をほんの少しだけ入れてみたのですが、いかがでしょう」

音松はたずねた。

「うむ」

茶でのどをうるおしてから続ける。

「その『ほんの少し』がいささか物足りない。草餅の大きさにして、もっと多めに餡を入れてはどうか。草団子は団子だけでよかろう」

松平伊豆守はそう提案した。

「ああ、なるほど。さりながら、草団子だけでは、甘みがなくていささか物足りないのではなかろうかと」

　今度は音松が首をかしげた。

「ならば、餡団子やみたらし団子と同じ皿に盛って出せばよかろう。甘いものもあれば、苦みのあるものもある。代わるがわるに食せば、なおのこと興趣が増すであろう」

　藩主が表情をゆるめた。

「承知しました。では、いずれ梅造が出す茶見世の団子もそのような感じで」

　音松は先を見据えて言った。

「団子ばかりか、餅もそのようにすればよかろう。草餅に安倍川餅にあんころ餅、あるいは大根おろしをからめた辛味餅、さまざまな味のものが同じ皿に盛られていたらおのずと華やぐ」

　藩主がそう言って湯呑みを置いた。

「紀伊玉浦藩という皿の上で、いろいろな人が暮らしているようなものですね」

　音松が軽くうなずいた。

「そうだな。わが藩には、海の民もいれば、山の民もいる。うまいことを言うではないか、はつねや」

藩主は白い歯を見せた。

二

山の青葉が目に美しい季になった。

青田を風がわたり、遠くの海が光りさざめく。そんな悦ばしい日、紀伊玉浦藩主の一行は庄屋の吉田善右衛門の屋敷へ向かった。

庄屋の甥で道案内役の弥助、吉浜大次郎、それに、はつねやのあるじと地元の弟子の梅造も付き従っていた。

「甘藷の菓子は向こうでお披露目か」

藩主がたずねた。

今日は馬ではなく、徒歩《かち》だ。そのほうが脇道やあぜ道にも入れるから好都合らしい。

「はい。枝甘藷と名づけた菓子をお持ちしました。庄屋さんから頂戴した甘藷を使わせていただきましたので」

音松は答えた。

「そうか。それは楽しみだ」

藩主は笑みを浮かべた。

「甘藷が終わったら、次は梅だな」

吉浜大次郎が言った。

「ああ、もう梅が実りはじめるんですね」

ちらりと山のほうへ目をやって、音松が答えた。

「初めのうちは苦いんで、おおかた漬物用や」

弥助が言った。

「梅干しばかりでなく、甘露梅《かんろばい》も美味だ。いずれ菓子に使え」

松平伊豆守が言った。

「はい、気張ってつくります」

はつねやのあるじの声に力がこもった。

庄屋は家族総出で歓待してくれた。

なかにはお忍びの藩主の来訪に緊張気味の者もいたが、音松が土産として持参した枝甘藷を取り出すと、雰囲気がにわかに変わった。

「細く切れるようになるまで、だいぶ時がかかってしまいました」

音松はそう言って、二種の菓子を大皿に盛った。

「これはきれいに細く切られているな」

藩主が目を細めた。

「はい、細切りにして揚げると、ことのほか香ばしくておいしいです」

音松は笑みを浮かべた。

「味は甘辛の二種で」

梅造が横合いから言った。

「甘いほうは砂糖、辛いほうは塩をまぶしております。辛いといってももとは甘藷ですから、その甘みと響き合ってうまいですよ」

はつねやのあるじは自信ありげに言った。

「なら、さっそく食してみよ」

藩主が庄屋に言った。

「いえいえ、殿からお先に」

善右衛門が身ぶりをまじえた。

「孫たちが食べたそうにしておるぞ。あとでよい」

松平伊豆守は快活に言った。

そんなわけで、今や遅しと舌だめしを待ち受けていたわらべたちが先陣を切ることになった。

「ああ、うまい」

「さくさくしてて、なんぼでもいけるわ」

「わい、こんなうまいもん食うたことない」

なかには感動のあまり涙まで浮かべているわらべもいた。

「殿の分を残しとかなあかんで」

弥助が半ば戯れ言で言った。

「食うたらえらいことや」

「あとでまた食べよ」

わらべたちはあわてて手をひっこめた。

「たくさんつくってきたから」

音松が笑みを浮かべた。

ほどなく、大人の舌だめしになった。

「この細さがたまりませんなあ」

庄屋が満足げに言った。

「手ェが止まらへん」

と、弥助。

「砂糖味もさることながら、塩味がちょうどいい。少し遅れて、甘藷の甘みが伝わってくるところが絶妙だ」

松平伊豆守がそう評した。

「ありがたく存じます。つくった甲斐があります」

音松は頭を下げた。

「枝甘藷も名物になりますね」

吉浜大次郎が言う。

「うむ。また一つ、銘菓誕生だ」

藩主は笑って指を一本立てた。

三

鰹がうまい季になった。

江戸の初鰹は初夏の訪れを告げるものだが、紀州ではもっと早い。桜に先んじて、まだ梅の花が残る時分が初鰹だ。

それからだんだんに時が経つにつれて、脂がのってことにうまくなる。

そんな海の恵みを用いた料理を、音松が竹吉に教えていた。

「菓子づくりだけやのうて、料理もでけるんやな」

竹吉が感心の面持ちで言った。

「いや、たまたま知っていただけだから」

茗荷《みょうが》を刻みながら、音松は答えた。

「づけの塩梅はどないですやろ」

梅造が訊く。

音松が教えているのは、鰹のづけ丼だった。

醤油一、味醂一、そこにおろし生姜とそのしぼり汁をまぜたづけ汁に鰹の切り身をつける。造りより薄切りにすれば、さほど時はかからない。四半刻《しはんとき》(約三十分)で充分すぎるほどだ。その半分でもいい。

「もうおおかたいいだろう」

指で検分してから音松は答えた。

「なら、仕上げやな」

竹吉が笑みを浮かべた。

「よし」

音松は二の腕をぽんとたたいた。

まず、ほかほかの飯をよそう。白胡麻をまぜてもうまい。そこに千切りの青紫蘇をちらし、鰹のづけをのせていく。

さらに、薄切りの茗荷を添え、仕上げに控えめに醤油をたらせば出来上がりだ。

「これをまぜて、わしわしと食ってくれ」

音松は竹吉と梅造に言った。

「なら、さっそく食わしてもらうで」

竹吉が箸を取る。

「こら、うまそうや」

梅造も続く。

評判は上々だった。

「絶品やな、これは」

「殿も喜ばはるやろ」

二人の声がそろった。

「秋の戻り鰹まで、この先も楽しめるから」

音松が言った。

「殿に好評やったら、それからはわいがつくりますんで」

梅造が請け合った。

夕餉に出してみたところ、藩主は大喜びだった。

「江戸の味に、紀州の海の恵み。非の打ちどころがないぞ」

松平伊豆守はいたくご満悦だった。

「ほな、これからもお出しします」

膳を運んできた竹吉が頭を下げた。

「頼むぞ」

藩主の白い歯がのぞいた。

四

料理ばかりでなく、菓子づくりもできるかぎり教えた。

菓子づくりを担うのは梅造だが、手が空いているときは竹吉も加わった。弟子が二人できたようなものだ。音松は張り切ってさまざまな指南をした。

用人の兼本新之丞は頼みをよく聞いてくれた。信州の茅野からは最上級の棒寒天が届いた。これさえあればうまい羊羹をつくれる。

若鮎を伝授するときは、焼き印づくりをする者を探してくれた。普段は鍬や鋤《すき》などを手がける鍛冶屋だが、勘どころを伝えると、焼き印も器用につくってくれた。

これでぐっと菓子づくりの幅が広がった。

押しものの木型は江戸からいくつか持参してきた。基本になる鯛の押しものなどは滞りなく梅造に伝授した。梅造は巳之作などに比べると格段に呑みこみが早く、手先もいたって器用だった。

続いて、練り切りも教えた。兎や鼠など、小技が求められるものも、梅造は巧みにこしらえた。

「筋がいいな、梅造」

出来栄えを見て、音松は笑みを浮かべた。

「新たな菓子を覚えるのが楽しいんで、張り合いがありますわ」

若い弟子が笑みを返した。

「こっちも教え甲斐があるよ」

はつねやのあるじが満足げに言った。

そのとき、ふらりと厨に入ってきた者がいた。

藩主の松平伊豆守だ。

あまりじっとしていないたちで、これまでも領内をくまなく廻ってきた。お忍びのいでたちで領民たちに気安く声をかけ、田植えまで手伝ったというのだから一風変わった藩主だ。

「あっ、殿」

音松が驚いたように顔を上げた。

「精が出るな」

松平伊豆守が軽く右手を挙げた。

「へえ」

「気張ってやってます」

竹吉と梅造が答えた。

「ふと思いついたことがあってな、はつねや」

藩主は音松に言った。

「何でございましょう」

はつねやのあるじが問う。

「わが藩に来てから、すでにいろいろな菓子を思案してもらった。さりながら、その名の菓子がないのは画竜点睛《がりょうてんせい》を欠くのではないかとだしぬけに思い当たったのだ。さて、何だと思う？」

藩主は謎をかけるように訊いた。

「梅干しと干し柿、蜜柑に陳皮に橙、これからは青梅も使いますが、はて」

音松は首をひねった。

「それは菓子に使う素材であろう。いまは菓子の名前の話をしておる」

と、藩主。

「名前でございますか……あっ」

音松は何かに思い当たったような顔つきになった。

「気がついたか」

松平伊豆守が表情をゆるめた。

「紀伊玉浦藩のお名にちなんだ銘菓がまだありません」

音松は言った。

「そのとおり。玉浦ではいささか語呂が悪いから、『玉の浦』が良かろう。その名にふさわしい、小なりといえども美しい菓子をつくってくれ」

藩主の声に力がこもった。

「『玉の浦』ですね」

音松の目に光が宿った。

「そうだ。べつに急ぎはせぬ。いろいろと試してみて、これはというものをつくれ」

松平伊豆守が言った。

「承知しました。では、そのうち舌だめしを」

はつねやのあるじが引き締まった顔つきで言った。

「できたら持ってまいれ。いくらでも舌だめしをしてやるぞ」

藩主が笑顔で答えた。

五

音松が思いついたのは錦玉羹だった。

すでに「玉」の字が入っている。真っ先に思い浮かんだ菓子は、すぐさま動かしがたく定まった。

「江戸から青く色づけする素《もと》を持ってきているから、それを使った錦玉羹にしようと思う」

音松は弟子の梅造に言った。

「ああ、玉浦の海の色ですな」

梅造が笑みを浮かべた。

「そうだ。海も空も青いのが玉浦だから」

音松が答えた。

「ただ青いだけとちゃうねんやろ？」

夕餉の支度をしながら、竹吉がたずねた。

藩主は鰹のづけ丼をすっかり気に入ったようで、たびたび所望されるようになった。今日はここに豪勢な伊勢海老の椀がつく。椀からはみ出るほど大きな伊勢海老が入っているから、だしがよく出て深い味わいがする。

「青いだけだと奥行きがないから、小ぶりの小豆を入れて、岩や石に見立てようかと思ってるんだ」

はつねやのあるじが答えた。

「なるほど、それで玉浦の磯になるな」

竹吉は得心のいった顔つきになった。

「なら、さっそくつくってみまひょ」

梅造が乗り気で言った。

小豆の一色だけでは物足りないので、小ぶりの大豆も使うことにした。むろん、どちらもふっくらとゆでて下味もつけた。

これを青い錦玉羹に入れれば、玉浦の磯の景色が鮮やかに浮かぶはずだった。

しかし……。

できあがったものを見て、音松は首をひねった。

「うーん……」

思わずうなる。

「いま一つ、玉浦っちゅう感じがせんな」

竹吉もあいまいな顔つきで言った。

「海の波の音が聞こえてきまへんわ」

梅造も忌憚なく言った。

「たしかに」

音松はうなずいた。

梅造の言うとおりだった。錦玉羹は青い海の色をしているが、波の音が聞こえてこない。菓子が活きていないのだ。

「岩が大《お》っきすぎるんとちゃうか」

竹吉が指さした。

「そうだな。もっと小さくしなければ。いずれにしても、これじゃ殿にはお出しできないな」

はつねやのあるじは苦笑いを浮かべた。

「直す案はありますんか？」

梅造が訊いた。

「豆が大きすぎるのなら……」

音松はひらめいた。

それならいけるかもしれない。

菓子職人の脳裏に浮かんだのは、寒梅粉《かんばいこ》だった。

六

寒梅が咲くころに仕込むからその名がついた。

もち米を蒸して、薄く延ばして乾かす。これを焼き色がつかない程度に軽く焼いてから砕いたのが寒梅粉だ。

豆に比べると、格段に小さい。音松は色素を選び、寒梅粉を金銀の砂に見立てた。

「あっ、これは波の音が聞こえます」

梅造が耳に手をやった。

「ほんまや。前よりずっとええわ」

竹吉も笑みを浮かべた。

「でも、まだ何か足りないような気がする」

音松はあごに手をやった。

「きれいにできてるように見えますけどなあ」

梅造が言った。

「何が足りんのや？」

竹吉が訊いた。

「うーん……」

音松は考えこんでしまった。

「とりあえず舌だめしをしてもろたらどや？」

ややあって、竹吉が水を向けた。

「そうだな。殿ならいい知恵を出してくださるかもしれないし」

音松が答えた。

「なら、夕餉のあとの舌おさめに出してみよ」

竹吉が両手を打ち合わせた。

「承知で」

はつねやのあるじはいい声で答えた。

夕餉の膳の顔は、鰹の手捏《てこ》ね寿司だった。

づけよりいくらか浅めに味をつけた鰹の切り身をちらし寿司の具にする。ほかの具は青紫蘇、生姜の甘酢漬け、炒った白胡麻、それに青葱だ。づけ丼にはさすがに飽きがくるかもしれないと竹吉が思案し、さわやかなちらし寿司に変えてみたところ、藩主の評判は上々だった。

最後に、舌おさめの菓子を出した。

玉の浦だ。

「舌だめしをお願いいたします」

音松がうやうやしく皿を差し出した。

「おお、海の青だな。空の青でもある」

藩主はまず見るなり言った。

「さようでございます。玉浦の砂や小石に見立てて、金銀の寒梅粉を錦玉羹の中に入れてみました」

はつねやのあるじが告げた。

「うむ。なかなかに美しい。では、まずは食してみるか」

玉の浦は四切れ用意した。

その一つをつまみ、藩主は口中に投じた。

ゆっくりと味わう。

音松は固唾《かたず》を呑んで言葉を待った。

「さわやかな涼味がある」

松平伊豆守が言った。

ほめ言葉だが、手放しで喜んでいるような感じではなかった。

「ただ……」

案の定、藩主は小首をかしげてから続けた。

「何かひと味足りぬような気はせぬか、はつねや」

音松に向かって言う。

「初めは下味をつけた豆を入れてみたのですが、それだと磯には見えず、波の音が聞こえぬような気がしましたので、寒梅粉に変えてみました。そうすると、見た目は良くなったのですが、粉に味はついておりませんので」

はつねやのあるじはていねいに答えた。

「そのあたりは痛し痒しだな」

松平伊豆守はそう言うと、二切れ目の菓子をじっと見つめた。

「金銀の砂や小石に見立てたさまはたしかに美しいが、海なら海、夜空なら夜空と分かるようにしたほうがよいのではないか。これだとどちらにも見えてしまう」

藩主は難しい注文をつけた。

「なるほど……精進してつくり直してまいります」

音松の表情が一段と引き締まった。

七

名案を思いついたのは翌日のことだった。

絵図面どおりに新たな菓子ができれば、味も見た目も格段に良くなるはずだ。

さっそく梅造と竹吉に話してみたところ、どちらも大乗り気だった。

「なるほど、そら名案ですわ」

梅造が両手を打ち合わせた。

「さすがやなあ。よう思いついたで」

竹吉も感心の面持ちで言った。

「あとはどれくらいの割りにするかだね」

手ごたえを感じつつ、音松は答えた。

「いろいろ試してみたらええ」

と、竹吉。

「ええもんができたら、また舌だめしですな」

梅造が笑みを浮かべた。

「今度こそ、だな」

音松は気の入った声を発した。

それからしばらく、熱のこもった試作が続いた。

微妙な違いでも、出来上がりの「画」がだいぶ変わってくる。

おのれに厳しく、さらに良いものを目指して、音松は新たな玉の浦をつくった。

そして、ようやく満足のいく菓子ができた。

「これなら胸を張って出せるで」

舌だめしをした竹吉が太鼓判を捺した。

「見て良し、食べて良しの菓子になりましたなあ」

梅造も感慨深げに言った。

「よし、ならば殿にお出ししよう」

音松の声に力がこもった。


「おお、なるほど」

新たな玉の浦を見るなり、松平伊豆守が声をあげた。

「青い錦玉羹に、普通の小豆羊羹を合わせたのだな。これは美しい」

藩主は悦ばしげに言った。

「これで金銀の寒梅粉が夜空の星に見えるかと存じます」

音松が言った。

「うむ、見えるぞ」

藩主は目をこらした。

「二つの羊羹を合わせて棹《さお》菓子にすることによって、奥行きが生まれたかと」

はつねやのあるじが言った。

「ならば、舌だめしだ」

紀伊玉浦藩主は玉の浦をつまんで口中に投じた。

「では、われわれも」

舌だめしの場には家老と用人もいた。

それぞれが菓子に手を伸ばす。

「うむ」

まず藩主の顔に喜色が浮かんだ。

「小豆の羊羹と錦玉羹が絶妙に響き合っている、美味である」

松平伊豆守の言葉に力がこもった。

「うん、うまいわ、これは」

家老も和す。

「見た目も言うことがないですな」

用人も満足げに言った。

「小豆羊羹のところは暗くなった磯だが、見えぬはずの海までありありと浮かんでくる。磯に打ち寄せる波の音まで聞こえるかのようだ」

藩主が言った。

「ありがたく存じます」

苦労が報われた音松は深々と頭を下げた。

「見上げれば、満天の星。夜空いちめんとりどりに星が光っている。いまは闇に沈んでいる恵みの海からは潮騒が響く。これぞわが玉浦だ。ほまれの菓子の『玉の浦』がいま誕生した。よくやったぞ、はつねや」

松平伊豆守は満足げに言うと、また次のひと切れをつまんだ。

何よりのねぎらいの言葉だった。

「ははっ」

胸に迫るものを感じながら、音松はまた一礼した。

第八章　玉の梅誕生

一

梅が実る季節になった。

青梅はおおむね梅干しにするが、梅酒にも用いられる。

もう一つ、甘くとろとろと煮た甘露煮も美味だ。話を聞くと、竹吉は昨年からつくりはじめているらしい。前の料理人から手ほどきを受け、評判のいいものをつくっていると聞いた。

「梅の甘露煮も菓子に使えそうですな、師匠」

梅造が乗り気で言った。

「同じことを考えていたんだ」

音松は笑みを浮かべた。

「なら、話が早いわ」

梅造も笑みを返す。

「甘露煮を丸ごと使うんか？」

　竹吉が問うた。

「そこが思案のしどころだな。種があるから、取ってから刻んだほうがいいとは思うけれども、江戸にすでに似たような菓子があるので」

　はつねやのあるじは慎重に言った。

「へえ、どういう菓子ですのん？」

　梅造が問うた。

「新吉原の名物で、甘露梅という名だ」

　音松は答えた。

「花魁《おいらん》がいるとこやな」

　竹吉がにやりと笑う。

「そうだね。そこの松屋《まつや》という見世がつくった菓子で、紫蘇の葉に梅肉を包んで砂糖漬けにしたものだ」

　音松は教えた。

「その菓子は種を抜いて刻みまんのやな」

梅造が訊く。

「そうだ。日保ちがするから、初夏につくって正月の配り物にしたりする」

音松は答えた。

「それとおんなじもんをつくるわけにはいかへんな」

竹吉が腕組みをした。

「そこが思案のしどころだ。いろいろ試してみるから、多めに甘露煮をつくっておいてくれ」

音松が竹吉に言った。

「お安い御用や」

料理人はすぐさま答えた。

二

ずっと厨にこもっていても良い思案は浮かばない。藩主から声がかかったのを幸い、はつねやのあるじは領内の巡回に従うことにした。

巡回といっても紀伊玉浦藩はさほど広くない。庄屋や網元の家に立ち寄っても、半日もあれば回ることができる。

網元には甘辛二種の枝甘藷、庄屋にはしらす煎餅を土産に持参した。どちらもまたいるわらべたちに大人気だった。

帰りには川の流れのゆるいところで釣りをしている者たちに出会った。

「何を釣っておる?」

藩主が気安く声をかけた。

「へえ、鮎ですねん」

竹竿を手にした男が答えた。

「鮎釣りの季節になりましたんで」

道案内役の弥助が言った。

「そうか。ならば、じきに夕餉に載るな」

松平伊豆守が言った。

「舌おさめの若鮎とともにお出しいたしましょう」

はつねやのあるじが言った。

「なるほど、鮎くらべだな」

藩主は笑みを浮かべた。

その後もしばらく鮎釣りを見物した。

友釣りという古くからの釣り方だった。鮎は縄張りに入ってきたべつの鮎を追い払うために姿を現す。その習性をうまく使って、囮《おとり》の鮎でおびき出したところを巧みに釣るのだ。

「うまいものだな」

藩主が感心の面持ちで言った。

「石の陰にいたりするんですね」

じっと見ていた音松が言った。

「鮎を釣るんやのうて、石を釣れって教わりましたわ」

鮎釣りの男が顔を上げて言った。

「何事にもこつがあるんやな」

弥助がうなずく。

「菓子づくりとも一脈通じるのではないか、はつねや」

松平伊豆守が言った。

「そうですね。頭をやわらかくしておかないと、いい案が浮かびません」

石のほうに向かってまた投じられた竹竿の動きを見ながら、音松は答えた。

三

鮎くらべの夕餉が供せられたのは、それから三日後のことだった。

膳の顔は鮎の塩焼きだった。

踊り串を巧みに打ち、尺塩《しゃくじお》を振ってこんがりと焼く。一尺の高さから手際よく塩を振って焼くのは料理人の腕の見せどころだが、竹吉の手つきはなかなかに堂に入っていた。

飯は新生姜の炊き込みご飯だ。これに豆腐汁と小芋の煮つけがつく。

「さわやかな味で、いくらでも胃の腑に入るな」

炊き込みご飯を食した藩主が満足げに言った。

「お代わりは沢山《ようけ》ありますんで」

控えていた竹吉が笑みを浮かべた。

「鮎もちょうどいい焼き加減と塩加減だ」

松平伊豆守がほめる。

「恐れ入ります」

料理人が頭を下げた。

そんな調子で、夕餉の膳はきれいに平らげられた。

「舌おさめの若鮎でございます」

様子をうかがっていた音松が皿を運んできた。

「おう、二匹目の鮎が来たな」

藩主が笑みを浮かべた。

「求肥が詰まった鮎でございます。どうぞ」

音松も笑顔で皿を置いた。

こちらの鮎も好評だった。

「江戸でも食したが、玉浦で味わう若鮎もまた格別だ」

松平伊豆守はそう言って、茶を少し啜《すす》った。

「梅造が上手に焼けるようになりましたので、これも当地の名物になろうかと」

はつねやのあるじが言った。

「それは楽しみだな」

藩主は湯呑みを置いてから続けた。

「名物といえば、甘露梅の菓子のほうはいかがした。見込みはついたか」

「近々、舌だめしをしていただくことになろうかと」

音松は慎重に答えた。

「やはり求肥などでくるむのであろうな？」

藩主はたずねた。

「はい、そのつもりです。ただし、蜜柑と柿は大福にできますが、梅は小さいので、大福より求肥を心持ち薄くして、大福とは違う味わいにしようかと」

はつねやのあるじが答えた。

「そうか。それは楽しみだ。気張ってつくれ」

松平伊豆守が白い歯を見せた。

「はっ」

音松は小気味よく一礼した。

四

竹吉の甘露梅は上々の出来だった。

音松はさっそくそれを使って、菓子の試作を始めた。

甘露梅を白餡でくるみ、さらに求肥で包む。大福より心持ち薄めの求肥にすると、いい塩梅の菓子に仕上がった。

さっそく梅造と竹吉に舌だめしをしてもらうことになった。

「ああ、こらうまい」

食すなり、竹吉が言った。

「うん、中から梅がじゅわっと出てきますな」

梅造も笑みを浮かべた。

「種を取っていないんだが、どうかな」

音松はそのあたりを案じていた。

歯に当たるかもしれないし、種だけ吐きだすことにもなる。柿大福は細かく切った実を入れるから大丈夫だが、梅の菓子にはそういう懸念があった。

「それはかまへんのとちゃうか？」

竹吉はそう言って、種をぺっと手のひらに吐き出した。

「こうやって吐きだしたらええだけのことやし」

「梅の実は大《お》っきいさかいに、間違って呑みこむこともないやろと」

梅造も続く。

「歯が欠けることもないやろしな」

「それはよっぽど運が悪いんで」

二人が言った。

「では、味はどうだろう。白餡が甘すぎるんじゃないかと案じていたんだが」

音松はもう一つの懸念を示した。

「そう言われてみたら、そんな気も」

梅造は首をひねった。

「いや、これはこれでうまいで。甘いほうがええのとちゃうか？」

竹吉が言った。

「そうですやろか。ちょっとしっくりせんような」

梅造はあいまいな顔つきのままだった。

「うーん……最後は殿の舌だめしだな」

音松が思案してから言った。

「そや。わいらがどうこう言うててもしゃあない」

竹吉が笑みを浮かべた。

そんなわけで、藩主の舌だめしという段取りになった。

またしても夕餉の舌おさめだ。鮎飯に鮎の背越し、鮎づくしの夕餉の終いに、音松は甘露梅を用いた菓子を出した。

「おお、できたか」

松平伊豆守はさっそく味わった。

「名はまだついておりませんが、白餡と求肥で包んでみました」

はつねやのあるじが告げた。

「うむ。さっそく食してみよう」

藩主は菓子に手を伸ばした。

感想の言葉が発せられるまでの時が、いつもより長く感じられた。

「美味である……が」

松平伊豆守はそこで言葉を切った。

「いささか甘すぎましょうか」

音松は問うた。

「それもある。ほんのわずかに甘すぎるかもしれぬ」

藩主は答えた。

「承知しました」

はつねやのあるじが頭を下げる。

「ただの菓子ならこれでよいかもしれぬ。ただ……」

藩主は茶を少し呑んでから続けた。

「わが玉浦の銘菓にするには、もうひと味、深みや濃淡のごときものが足りぬかもしれぬ。そのあたりを工夫せよ」

松平伊豆守が言った。

「もうひと味、深みと濃淡でございますね」

音松は復唱した。

「そうだ。峠はもう見えている。あと少しだ」

藩主は笑みを浮かべた。

「はっ。精進します」

音松は引き締まった表情で答えた。

五

「深みと濃淡か。むずかしいこっちゃな」

竹吉が言った。

「まだこれといった思案が浮かばないな」

音松が腕組みをして答えた。

「厨にこもっててもええ思案は浮かばへん。干物を仕入れにこれから浜へ行くけど、一緒にどや」

料理人が水を向けた。

「ああ、それは気が換わっていいかもしれないな」

音松は答えた。

「わても行かしてもらいますんで」

梅造も言う。

「なら、これから三人で行こ」

段取りが決まった。


初夏《はつなつ》の光が海を悦ばしく照らしていた。

風がある。

沖には白波が立っていた。

「あっ、船や」

竹吉が指さした。

帆に風を孕んだ千石船が沖合に雄姿を現した。

「江戸へ行きますんやろか」

梅造が問う。

「東へ向かってるから、そうだろうね」

いくぶん目を細くして音松は答えた。

「すぐにでも乗って帰りたいのとちゃうか？」

竹吉が訊いた。

「いやいや、甘露梅で銘菓をつくらないことには帰れないので」

音松は答えた。

「それができたら、おおかた終いですかいな」

少し名残惜しそうに、梅造が言った。

「柿大福のつくり方はもう決まってるからな。あとはできるだけ教えられることを教えて、いつ茶見世を出しても大丈夫ということになったら、殿の許しをいただいて帰ろうかと思っている」

音松はそう言って瞬きをした。

沖合を悠然と千石船が進んでいる。いくらか高いところから見ると、海の色には美しい濃淡があった。

「気張って憶えますんで」

梅造が笑みを浮かべた。

「ああ、頼むよ」

はつねやのあるじも笑みを返した。

六

竹吉が干物を仕入れたあと、網元の浜太郎の好意で浜鍋に加わった。

しばらく鮎が多かったが、やはり浜の恵みも格別だ。御殿から来た三人は海を眺めながら舌鼓を打った。

「波が立つところと、そうでないところがあるんですね」

ふと気づいて、音松は言った。

「白波が立ってるのは浅いとこなんや」

「下の岩が近いさかいに、ぶち当たって波が立つねん」

「波を見てたら、海の深い浅いはおおかた分かるわ」

海の男たちが言った。

「なるほど」

音松は感心の面持ちでうなずいた。

「よう見たら、流れも分かるで」

「潮の満ち干によっても、海の深い浅いは変わってくるねん」

「その日の潮を読むのも漁師のつとめのうちやさかいに」

浜鍋をつつきながら、海の男たちは口々に言った。

その後は音松の銘菓づくりの話になった。

深みと濃淡が足りないところをどう補うかという話をしたところ、気のいい海の男たちは思い思いに知恵を出してくれた。

むろん酒も入っているから、取るに足りない思いつきも多かったが、なかには得がたい言葉もあった。

「甘露梅は海の魚みたいなもんやな。鰹でも鯛でもええけど、目玉になる魚や」

網元が言った。

「鯨のほうがええのとちゃいまっか」

漁師の一人が言った。

「鯨は太地《たいじ》のほうの鯨方が捕ってる。玉浦ではやってへんさかいに」

網元が退ける。

「で、甘露梅が魚だとすると、餡と求肥が海ですか」

音松が思案しながら言った。

「そやな。そこへ海みたいな濃淡をつけたったらええのとちゃうか」

網元が言った。

ちょうどそのとき、光が一段と強く差しこんできた。

海の青さが際立つ。

その色を見たとき、菓子職人の頭にひらめくものがあった。

「そうか」

音松は小さくひざを打った。

「何ぞ思いついたか」

竹吉が問う。

「ああ。たぶんいけると思う」

音松は手ごたえありげな表情で答えた。

七

「なるほど、考えたな」

舌だめしを終えた竹吉が笑みを浮かべた。

「これなら濃淡が出てますわ」

梅造も満足げに言う。

「苦労したけど、奥行きも出てるんじゃないかと思う」

音松はほっとする思いで言った。

「ああ、出てる。海が深《ふこ》なった」

竹吉がそう言って、梅の種を手のひらに出した。

「終いに甘露梅の種をねろねろするのがまたたまりまへんなあ」

梅造が続く。

「梅の海に浸かって泳いで戻るようなもんやな。一つの菓子でだいぶ楽しめるで」

竹吉が白い歯を見せた。

「よし。なら、殿の舌だめしだな」

はつねやのあるじが両手を打ち合わせた。

「きっといけるで」

と、竹吉。

「胸張ってお出ししましょ」

梅造が風を送るように言った。


夕餉の舌おさめではなく、菓子だけの舌だめしになった。

藩主ばかりではなく、家老と用人も加わる。

「できたか」

松平伊豆守が問うた。

「はい。これで味に深みと濃淡が生じたのではなかろうかと」

音松は緊張気味に答えた。

「ならば、さっそく舌だめしとまいろう」

藩主が言った。

家老と用人も続く。

茶も出すゆえ、竹吉と梅造も付き従っていた。みな固唾を呑んで言葉を待つ。

「うむ」

甘露梅を使った菓子を食すなり、藩主が声を発した。

「餡を変えたのだな、はつねや」

松平伊豆守が問うた。

「さようでございます。甘露梅を漬けた蜜を餡に練りこみ、梅餡にしてみました」

音松は答えた。

「美味である」

藩主は言った。

このたびは、そのあとに「……が」は続かなかった。

「求肥があって、梅餡があって、甘露梅がある。だんだんに海が深なっていくみたいですな」

家老が言った。

「深みと濃淡がよく出ている。これならば、どこに出しても恥ずかしくない出来だ。わが玉浦の誇る銘菓となろう」

松平伊豆守は太鼓判を捺した。

「ありがたく存じます」

感慨深げな表情で、音松は頭を下げた。

竹吉と梅造も続く。

どちらの顔も少し上気していた。

「本当に美味でございますな」

用人も感心の面持ちで言った。

「うむ。よく粘ってつくったな、はつねや」

藩主が労をねぎらった。

「はい、おかげさまで。玉浦の海の恵みが教えてくれました。網元の言葉を聞いて、海に差しこんできた光を見たときにひらめいた梅餡ですから」

音松はそう言って仔細を伝えた。

「なるほど。ますます玉浦の銘菓にふさわしい」

藩主はうなずき、二つ目に手を伸ばした。

家老と用人が続く。

「名はいかがいたしましょうか、殿」

家老がたずねた。

「そうさな……」

菓子を味わいながら、藩主は思案げな顔つきになった。

「すでに玉の浦はありますが」

用人が言う。

「では……玉の梅でどうか」

松平伊豆守が言った。

「玉浦の梅を使った菓子でございますからね」

と、用人。

「それでよろしゅうございましょう」

家老が賛意を示した。

「異存はないか、はつねや」

藩主は音松に問うた。

「もちろん、ございません。江戸に戻ったあとも、紀伊玉浦の銘菓として見世で出したいと存じます」

はつねやのあるじの声に力がこもった。

「わが藩の銘菓だ。江戸の民にも広めてくれ」

松平伊豆守は身ぶりをまじえた。

「ははっ」

音松は深々と一礼した。

第九章　さらば玉浦

一

夏の盛りになった。
玉浦の夏はことに美しい。
田では青々とした稲穂が風に揺れ、畑には黄金《きん》色の麦が実る。
晴れた日には御恩の光を受けて、海がことに青く輝く。
まさに小なりといえども美しい玉のごとき景色だった。
そんなある日、藩主がふらりと厨に姿を現した。
「おっ、今日は素麺か」
鍋に目をとめて、松平伊豆守が言った。
「はい。ゆで終わったら、井戸に下ろして冷やしますので」
竹吉が答えた。
「暑気払いになるのう。菓子のほうも、さような夏らしい舌おさめがあってもよいな」

藩主は音松を見て言った。

「今日でございますか」

梅造に波をかたどった涼やかな練り切りを教えていた音松が、驚いたように問うた。

「いや、今日でなくともよい。出立は晦日《みそか》だからな」

藩主は笑みを浮かべた。

つくるべき菓子はつくってしまった。柿の実はまだ小さくて青い。蜜柑はさらにその先だ。七月の晦日にひとまず玉浦を発ち、江戸に戻ることで話がまとまっていた。

「承知しました。では、それまでに」

はつねやのあるじが答えた。

「玉浦で最後につくる菓子やな」

竹吉が言った。

「置き土産になるようなものをつくらねばな」

音松が軽く二の腕をたたいた。

「期待しているぞ」

藩主が言った。

「はい。梅造とも相談して、暑気払いになる菓子をおつくりします」

はつねやのあるじが請け合った。

「頼むぞ。今日の夕餉の舌おさめはそれで良い」

藩主が青い波をかたどった練り切りを指さした。

「ほな、気ィ入れておつくりしますので」

もうひとかどの菓子職人の顔で、梅造が答えた。

二

夕餉も舌おさめも好評だった。

たっぷりの素麺に、あぶった干物と切り干し大根の煮つけ。それに、さっぱりした茄子の冷やし汁。舌おさめの練り切りまで、藩主は上機嫌で胃の腑に納めていた。

翌日から、夏らしい新たな菓子の試作に入った。

「素麺みたいにつるっと食べられるのがええと思いますわ」

梅造が言った。

「そうだな。とすれば、水羊羹か。寒天も砂糖も水もいいから、いいものができそうだ」

音松は笑みを浮かべた。

「あとは見せ方やね」

竹吉が腕組みをした。

「いまの時季には手に入らないが、細い青竹を切って羊羹を流しこんで固めるという手がある」

音松は教えた。

「たたいたら、水羊羹がつるっと出てきますんやな」

梅造が言った。

「そうだな。一本だけだとさえないから、三本くらい筏《いかだ》のかたちに盛り付けたら見た目もいい」

と、音松。

「さらに、それを舟に乗せたらどないや」

竹吉が腕組みを解いて言った。

「あまりやりすぎると、くどくなるからな」

はつねやのあるじは首をひねった。

「なら、筏だけで」

梅造が言った。

「笹の葉などを敷くといいかもしれない」

音松が思いついて言った。

「笹の葉はさらさら川に流れますさかいにな」

梅造が手つきをまじえた。

「ああ、舟みたいに……」

音松はそこで言葉を切った。

「何か思いついたか」

それと察して、竹吉が訊いた。

「いっそのこと、舟のかたちをした羊羹はどうだろう。ぷるんとした水羊羹だ。これは涼味があるぞ」

はつねやのあるじは気の入った声で答えた。

「ああ、ええかもしれんな」

竹吉がすぐさま言った。

「なら、型をつくってもらいましょ」

梅造が言う。

「そうだな。善は急げだ」

音松は両手を打ち合わせた。

三

前に鏝《こて》を頼んだ職人に舟型をつくってもらうことになった。

大、中、小の三種だ。

型ができるまでのあいだ、音松は江戸で待つおはつに文を書いて送った。

これまでにつくった銘菓のあらましを図まで入れて記したから、ずいぶんと分厚い文になった。用人に託すと、快く段取りを整えてくれた。

型は思ったより早くできあがった。音松はさっそく菓子づくりにかかった。

舟をかたどった水羊羹は、小豆と抹茶の二種にした。一色より二色のほうが映える。

「いずれ赤い梅羊羹を加えればさらに引き立つだろう」

音松が言った。

「梅干しだけで赤みが出ますやろか」

梅造が首をかしげた。

「色の素を加えないと美しい舟にはならないな。明日にでも教えよう」

音松は答えた。

竹吉が案を出した。

「黄色い蜜柑の舟があったら、なおええのとちゃうか」

「そうだな。ならば、ゆくゆくは四色で」

と、音松。

「気張ってつくりますんで」

梅造が二の腕をたたいた。

できあがった舟羊羹は、さっそく藩主に舌だめしをしてもらうことになった。

「おう、とりどりの舟が並んでおるな」

運ばれてきた皿を見るなり、松平伊豆守が言った。

「小豆と抹茶の二種、大きさは三種つくってみました」

音松は手で示した。

「大っきいのも千石船やないんやな」

家老が笑った。

ほかに用人の兼本新之丞、それに、藩主のお付きの吉浜大次郎も舌だめしに加わっている。

「はい。かたちはみな舟で」

音松は答えた。

「ちょっとびっくりするほど大きいな」

吉浜大次郎が苦笑いを浮かべた。

「その分、食べでがあろう。どれ、さっそく」

藩主が匙を取った。

ほかの面々も続く。

「これは良い舌ざわりとのど越しだ。甘すぎず、あとを引く」

松平伊豆守がまず満足げに言った。

「まことに」

家老が短く和した。

「抹茶のほうも風味があってうまいな」

用人が音松に言った。

「ありがたく存じます」

はつねやのあるじが頭を下げた。

一緒に盆を運んできた竹吉と梅造もほっとした顔つきになる。

「ただ、これはさすがに大きすぎるかもしれぬな」

藩主はそう言って、大きな舟をまた匙で崩した。

「逆に、こちらは物足りぬかと」

吉浜大次郎が小ぶりの舟を匙で示した。

すでに小豆羊羹のほうは胃の腑に落としたらしく、抹茶羊羹しか残っていなかった。

「そもそもが水羊羹やから、あっという間になくなってまう」

用人が言った。

「年寄りは、食うたのかまだ食うてへんのか分からんようになってまうな」

家老がそう言ったから、場に控えめな笑いがわいた。

「やはり中庸がいちばんのようだ」

藩主が中の大きさの舟を示した。

「それがしも同意で」

大次郎がすぐさま言う。

藩主は匙で舟羊羹を割り、口中に投じた。

「とろけるがごとき味わいだ」

松平伊豆守は笑みを浮かべた。

「苦労して寒天を信州から取り寄せた甲斐がありましたわ」

用人も満足げに言った。

「ありがたく存じます」

はつねやのあるじが改めて一礼する。

「ならば、向後はこの大きさでまいれ」

藩主が中の大きさの舟を示した。

「承知しました。いずれ梅味の赤い舟や、蜜柑味の黄色い舟もと考えております」

音松はそう言って弟子のほうを手で示した。

「気張ってやらせてもらいますんで」

梅造が引き締まった顔つきで言った。

「わが玉浦の銘菓だ。気を入れてつくれ」

松平伊豆守はそう言うと、今度は抹茶羊羹に匙を伸ばした。

四

時が流れるのは早い。

出立の晦日まで、もうあと十日になった。

「早いものだな、はつねや」

お忍びのいでたちの藩主が言った。

「年が明けたときは、あと十日で紀州へ出発かと思ったものですが」

音松は答えた。

「あっという間だったな」

一緒に江戸から来た吉浜大次郎が言った。

「はい。この半年のあいだに、ずいぶんと学ばせていただきました」

音松は歩きながら軽く頭を下げた。

一行は庄屋の吉田善右衛門の家へ向かっていた。

出立まで、世話になったところを廻ることになった。見廻りを兼ねた藩主、お付きの吉浜大次郎と道案内の弥助、それに弟子の梅造とともに、これから庄屋をたずねるところだ。

手土産は江戸のはつねやの名物でもある松葉焼きだった。手ほどきをした甲斐あって、梅造は遜色のないものを焼けるようになった。

「さまざまな銘菓ができた。漁にたとえれば大漁だ。大儀であった」

藩主が労をねぎらった。

「ありがたく存じます。いくつかは江戸の見世でも出そうかと思っております」

はつねやのあるじが言った。

「おお、それは良い。来春、江戸へ戻ったら、谷中にも足を延ばそう」

松平伊豆守は気の早いことを言った。

「ぜひお待ちしております」

音松はまた頭を下げた。

庄屋は総出で歓迎してくれた。

松葉焼きは大好評で、ことにわらべはみな笑顔になった。わらべ向けの甘藷の水飴を使ったものではなく、大人向けの砂糖を用いた松葉焼きだ。喜ぶのは当然のことだった。

「甘《あも》うてうまいわ」

「さくさくしてておいしい」

「こんなお菓子、わい、食うたことない」

わらべたちは口々に言った。

「大人が食うてもうまいですなあ、これは」

松葉焼きを食した庄屋が言った。

「はつねやの銘菓だからな」

藩主が笑みを浮かべる。

「ささやかなものですが、お世話になった御礼で」

音松も笑みを返した。

「大した世話はしてまへんけどな」

庄屋が言う。

「陳皮や山の橙、それに甘藷を頂戴しましたから」

音松が言った。

「このあとの柿は、わてが引き継ぎますんで」

梅造がおのれの胸を指さした。

「干し柿なら、なんぼでもつくるさかい」

庄屋が請け合った。

「伯父さんの干し柿は玉浦一やさかいに」

弥助が持ち上げる。

「どうぞよろしゅうに」

音松がていねいに礼をした。

「びっくりするような柿大福をつくりますんで」

頼もしい弟子が言った。

「柿の実に見立てた大福だな。期待しているぞ」

藩主が白い歯を見せた。

五

晴れた日には浜へ下りた。

このたびも藩主たちが一緒だった。ただし、梅造ではなく竹吉が音松とともに来た。包丁を持参して浜鍋の腕を振るうためだ。

いい塩梅に鍋が煮え、それぞれの椀に取り分けられた。

鯛や伊勢海老や海藻がたっぷり入った椀だ。

「かような浜鍋は、江戸では味わえぬからな」

松平伊豆守が言った。

「海の恵みがたっぷり詰まっています」

音松は箸を止め、満足げに言った。

「なんぼでも食うていってや」

網元の浜太郎が笑みを浮かべた。

「玉浦は不便なとこやけど、海も田畑も山も恵みをくれるさかいにな」

「ほんまや。ありがたいこっちゃ」

「ここに生まれてよかったわ」

海の男たちが口々に言った。

ほどなく、沖合に船が現れた。

「江戸へ向かう船やな」

網元が言った。

「玉浦にいられるのもひとまず来春までか」

藩主がそう言って箸を動かした。

「そのあとの見通しなどは」

吉浜大次郎が控えめに問うた。

「分からぬな。江戸へ戻れば、外国方のつとめになるという話は決まっているのだが」

松平伊豆守が答えた。

「外つ国へ行きまんのか、殿」

網元が驚いた顔つきになった。

「いや、行くわけではなかろう。異国船の吟味などのつとめはあるかもしれぬが、まだ何も聞いてはおらぬ」

藩主はそう言って、沖の白帆に目をやった。

「あの船で、紀州の蜜柑やら木ィやら醬油やらが運ばれていくねん」

「船乗りも大変やな。時化るときもあるやろし」

「沈んでしもたらえらい大損やから」

浜鍋をつつきながら、海の男たちが言った。

音松もいくぶん目を細くして船を見た。

「ええ景色やな」

竹吉が言った。

「ずっと忘れないよ、この景色を」

音松は瞬きをした。

「いつかまた来てや」

気のいい料理人が笑顔で言った。

「ああ。きっと来るよ、いつかまた」

菓子職人が笑みを返した。

六

別れの時が来た。

音松は菓子づくりの道具などを嚢に詰め、帰り支度を整えた。

この厨ではさまざまな菓子の試作をした。半年間とはいえ、思い出が詰まっている。いざ立ち去るとなると、胸の詰まる思いがした。

「ならば、後を頼むぞ」

音松は梅造に言った。

「師匠から教わったことを忘れんようにして、気張ってええ菓子をつくりますんで」

梅造はいい顔つきで答えた。

「わいが見てるさかいに大丈夫や」

竹吉が笑みを浮かべた。

「頼むよ」

音松は笑みを返した。

屋敷に移ったはつねやのあるじは、藩主たちにあいさつをした。

「道中、気をつけてまいれ」

松平伊豆守が言った。

「はっ」

音松が一礼する。

「来春は、はつねやで菓子を買ってから谷中で花見だ。もう決めた」

藩主が笑顔で言った。

「承知いたしました」

吉浜大次郎が答えた。

帰りは長島浦まで弥助が道案内をつとめる。そのあとは音松の一人旅だ。大次郎は藩主のお付きとして玉浦に残る。

「よろしゅうございますな」

家老はそう言うと、音松の顔を見た。

「殿を頼むぞ」

「はっ」

音松は短いが気の入った返事をした。

「江戸なら寒天などの素材や道具を取り寄せるのに苦労はせんやろし」

用人が言った。

「いろいろとお世話になりました」

音松は頭を下げた。

「なら、本宮にも寄るさかい、そろそろ行こか」

案内役の弥助が水を向けた。

「はい」

音松が答えた。

熊野三山のうち、行きは本宮にだけ寄れなかった。帰りはまず本宮にお参りし、間は空いたが三熊野詣を済ませてから帰路に就くことになっていた。

「よし、そこまで送っていこう」

藩主が気安く言った。

それには及びませんと断ってもついてくる性分のお方だ。音松は礼を述べただけで、あえて固辞はしなかった。

「ならば、気をつけて」

家老が言った。

「この先も達者で」

用人が和す。

「はい。お世話になりました」

重い嚢を背負った音松は、精一杯の礼をした。

七

「今日はずっと穏やかな天候のようだ」

歩を進めながら、藩主が言った。

「さようですね。本宮にお参りしたあとは新宮に泊まるつもりで」

音松は答えた。

「明日でもいいゆえ、世話になった菓子屋も廻っておけ」

松平伊豆守が言う。

「はい、そのつもりです」

音松は笑みを浮かべた。

「峠までいらっしゃるんですか、殿」

弥助がやや当惑したように言った。

登りの勾配がきつくなってきても、藩主が足を止める素ぶりを見せなかったからだ。

「いや、そこまでは行かぬ」

藩主はなお数歩足を進めてから続けた。

「この先に、わが玉浦を眺めるのにちょうどいい場所があるのだ」

松平伊豆守はそう言った。

「それはぜひ眺めたいものです」

はつねやのあるじが言った。

「おう、そなたに見せてやろうと思ってな。そこを右に折れたところだ」

藩主は前方を指さした。

ややあってその場所へ至ると、遠くに海が見えた。湊と船も見える。

「これは……美しゅうございますね」

音松は瞬きをした。

「海ばかりではない。刈り入れを待つ稲穂の黄金《きん》の波も美しい。民の家から立ち上る竈の煙もそうだ。何物にも代えがたい美しさだな」

松平伊豆守は感慨深げに言った。

音松はふと山のほうを見た。

つややかな葉が生い茂っているのは、おそらく柿だろう。

いまはまだ小さな実だが、いずれ育って色づき、軒に吊るされてうまい干し柿に変わる。

「柿か」

藩主が気づいて言った。

「はい。梅造に託しましたから、大丈夫だとは思うのですが」

音松は答えた。

「良きものになるまで、いくたびも舌だめしをしてやるから、案ずるな」

藩主はそう言って笑った。

いよいよ玉浦を立ち去る時が来た。

またいずれ来るつもりだが、ことによると光あふれるこの景色はこれで見納めになってしまうかもしれない。

そう思うと、なかなかに立ち去りがたかった。

「お願いいたします」

藩主に向かって、音松はていねいに一礼した。

「では、これにて失礼いたします」

何かを思い切るように告げると、音松は木々の生い茂った峠のほうへ歩きはじめた。

第十章　おもちとだんご

一

いささか難儀な道だったが、弥助の道案内に従い、滞りなく熊野本宮大社に詣でた。

よみがえりの聖地として古くから信仰されてきた社への参詣を済ませた音松は、おはつとおなみのために御守りを買った。熊野三山に共通する導きの神鳥、八咫烏《やたがらす》があしらわれたありがたい御守りだ。

三熊野詣を済ませた音松は新宮へ赴き、弥助とともに旅籠に泊まった。湯に浸かって疲れを癒した翌日は、世話になった菓子舗を廻り、渡しで対岸に渡った。

そこからは折にふれて海を眺めながら進み、峠を越えて長島浦に至った。弥助の道案内はここまでだ。

「長々とありがたく存じました」

音松は深々と頭を下げた。

「ああ、気ィつけてや。江戸はまだまだ遠いさかいに」

弥助は笑顔で言った。

「はい。弥助さんも気をつけて」

「わいの心配はせんでええわ」

道案内役はそう言って笑った。

一人旅になった音松は伊勢に向かって慎重に進んだ。

峠を歩き切り、再び伊勢神宮にお参りした。行きに気に入った赤福餅と伊勢うどんを帰りにもまた食し、街道を進んで桑名から七里の渡しで宮へ渡った。

せっかくここまで来たのだから、足を延ばして秋葉大権現《あきばだいごんげん》にもお参りをとも思ったのだが、早く帰りたいという気持ちがまさった。音松はそのまま東海道を進むことにした。

雨が続いて大井川でいくらか足止めを食ったが、そのほかは大した難儀にも遭わず、音松は順調に旅を続けた。

紀州からは遠くにぽつんと見えた富士のお山が近づき、箱根の関所を越えた。ここまで来ればもう大丈夫だ。音松の心は弾んだ。

そして……。

ある秋晴れの日、ついに長旅は終わった。

音松はなつかしい江戸の谷中に帰ってきた。

二

おいしい、おいしい、松葉焼きだよー。

一つ一文だよー……。

売り声が響いてきた。

巳之作の声だ。

音松は足を速めた。

巳之作はちょうどわらべたちに松葉焼きを売りはじめたところだった。

「おいちゃん、三つ」

「おいらは二つ」

わらべたちが口々に言う。

「はいはい、順に並んでな」

巳之作が相手をする。

いくらか離れたところから、音松はその様子を見守っていた。

やがて、客がさばけて待つ者がいなくなった。

「おう、気張ってるな」

そう声をかけてから、音松は歩み寄った。

「あっ、師匠」

巳之作の顔に驚きの色が浮かんだ。

「いま帰った」

はつねやのあるじは笑みを浮かべた。

「無事のお帰りで、何よりです」

巳之作の声が弾んだ。

「変わりはないか？」

音松が問う。

「えっ、まあ、ないことはないんですけど、ふふ」

巳之作は妙な含み笑いをした。

「何か変わったことでもあるのか？」

音松はけげんそうにたずねた。

「そのあたりは、戻れば分かりますんで」

巳之作は気を持たせる返事をした。

「そうか。なら、そうするよ。邪魔したな」

またわらべたちが来たから、音松はさっと右手を挙げて切り上げた。

「へい、承知で」

巳之作が小気味いい返事をした。

なつかしい路地に入ると、餡のいい香りが漂ってきた。

ああ、帰ってきた……。

感慨を催しながら進むと、緋毛氈が敷かれた長床几の上に猫の姿が見えた。きなこだ。

だが、それだけではなかった。

きなこと同じ色の子猫も二匹いた。

三

「四匹産んだのよ、きなこは」

おはつが告げた。

音松はすでに荷を下ろし、土産の御守りを渡していた。いまは茶を呑みながら長床几でくつろいでいるところだ。

「あとの二匹は？」

猫相撲のようなものを取っている子猫たちを見ながら、音松はたずねた。

「一匹ずつ里子に出したの」

おはつが答える。

そのかたわらで、おなみがうなずいた。

久々におとうの顔を見て思わず泣きだしてしまったおなみだが、いまはもう穏やかな表情だ。

「どこへ？」

音松は問うた。

「一匹は林先生のところへ」

おはつが答えた。

「むかし飼ってらしたことがあるそうなので」

教え子だったおすみが言った。

「それなら飼い方は分かるね」

音松が笑みを浮かべた。

「前にかわいがっていた猫が死んでしまったあと、もう飼うのはやめようと思ったそうなんだけど、寺子屋のわらべの学びにもなるだろうし、何より子猫を見て一斎先生も千代先生もすっかり気に入ってしまわれて」

きなこをなでながら、おはつが伝えた。

「この子らとおんなじ色か？」

音松は二匹の子猫を手で示した。

どちらも薄い柄のある茶白の猫で、母猫にそっくりだ。

「いえ、寺子屋の里子になったのは白猫なの。目が青くて」

おはつはおのれの目を指さした。

「真っ白だから、こゆきと名づけたそうです」

おすみが言った。

「なら、雌なんだ」

と、音松。

「ええ。とってもかわいい子で」

おすみがうなずく。

「もう一匹は尼寺へ」

おはつが告げた。

「ああ、仁明寺へ。それはよかった」

音松が笑みを浮かべた。

「その子も雌で、三毛猫なの」

おはつが言う。

「いろんな子を産んだんだな、きなこ」

おはつに首筋をなでられてのどを鳴らしている猫に向かって、音松が言った。

「で、あとの二匹をうちに残したわけ。雌だとまた増えるから、どちらも雄《おす》にしたの」

おはつが言った。

「名前は？」

音松が問うた。

「おなみが思案してつけた名だから、おとうに教えてあげて」

母が娘に言った。

「うん」

歳を加えて三つになった娘が元気よくうなずいた。

「きなこの子だから、そこからつけたの」

おなみは言った。

「きなこにちなんだ名か」

「うん」

またうなずく。

「むずかしいな。教えておくれ」

音松は笑顔でうながした。

おなみは少し間を置いてから答えた。

「おもちとだんご」

四

兄がおもちで、弟がだんご。

見たところそっくりで見分けがつかないから、首に巻いた紐の色で区別することにした。

おもちは明るい桜色、だんごは目に鮮やかな山吹色。母猫のきなこが赤だから、三匹そろうとなかなかに華やかだ。きなこの紐には鈴もついているが、みなにつけるとうるさいから子猫たちは紐だけにした。

「なるほど。きなこを使った安倍川餅と団子か。考えたな、おなみ」

音松は笑みを浮かべた。

「うん」

おなみが得意げにうなずく。

「こんなにちっちゃかったのに、あっと言う間に猫らしくなって」

おはつが手つきをまじえて言った。

「みなにかわいがってもらってるか？」

音松は相変わらず遊んでいる子猫たちに声をかけた。

「このところは、猫目当てにいらっしゃるお客さんもいるくらいで」

と、おはつ。

「なら、福猫だな」

音松は目を細めた。

そのうち、巳之作が振り売りから帰ってきた。わらべ向けの松葉焼きはたちまち売り切れたようだ。

「若鮎も上手に焼けるようになりましたよ、師匠」

気のいい若者が言った。

「ほんと、おすみちゃんと二人で気張ってるから、ずいぶん腕が上がって」

おはつが笑顔で言った。

「そうか。それは頼もしいな」

音松はそう言って、残りの茶を呑み干した。

「紀州の菓子の土産はないんですかい？」

巳之作が問うた。

「あいにく日保ちがしないからな。いろいろ銘菓はできたんだが」

音松は答えた。

「文を読んだけど、どれもおいしそうだった」

と、おはつ。

「とくに、玉の浦が美しそうで」

おすみが瞳を輝かせた。

「それなら、日を改めてつくろう」

音松は乗り気で言った。

「蜜柑大福や柿大福もうまそうっすね」

巳之作が笑みを浮かべる。

「柿大福づくりは玉浦の弟子に託してきたんだが、こちらでもいずれつくってみることにしよう」

音松が言った。

「まあとにかく、中へ入って」

おはつが空になった湯呑みを手に取った。

「おいらが焼いた若鮎の舌だめしを」

巳之作が言う。

「そうだな。なら、座敷へ」

音松は長床几から腰を上げた。

五

「うん。求肥の入れ具合をもう少し均《なら》せばちょうどいい」

若鮎を味わった音松が言った。

「ちょいと曲がっちまいましたか」

巳之作が髷に手をやった。

「それでも、以前に比べたら格段に良くなった。この調子で気張れ」

音松は白い歯を見せた。

「はいっ」

巳之作はいい声で答えた。

ほどなく常連が続けて姿を現した。

隠居の惣兵衛と五重塔の十蔵親分だ。

「おう、帰ってきたと聞いたもんでな」

十蔵親分が耳に手をやった。

どうやら音松を見かけただれかが十手持ちに伝えたらしい。

「はい、やっと戻れました」

音松は答えた。

「これから、紀州でつくったお菓子をいろいろつくってもらわないとね」

隠居が温顔をほころばせた。

「そのつもりですが、材料がそろいませんと。柿は田端村でも穫れるはずですが」

音松は言った。

「ふふふ」

おはつがここで妙な含み笑いをした。

「じゃあ、おかみさん、あれを」

おすみが水を向けた。

「ひそかに仕込んだものがあるんだよ」

隠居が笑みを浮かべた。

「仕込んだものというと……」

音松はあごに手をやった。

「いま持ってくるから」

おはつがすぐさま動いた。

ややあって、壺が運ばれてきた。

蓋を取ると、梅のさわやかな香りが漂ってきた。

「ひょっとして、甘露梅か？」

音松が問うた。

「そう。伝手《つて》を頼って青梅《おうめ》のほうから取り寄せたの」

おはつは壺を指さした。

「梅干しも漬けてあるんですけど、甘露梅を多めに」

一緒に漬けたとおぼしいおすみが言った。

「うめぼし、すっぱい」

おなみが顔をしかめた。

前に舌だめしをしたものの、わらべの口には合わなかったらしい。

「甘露梅も酒が入ってるから駄目だな」

十蔵親分が言った。

「大きくなってからね」

おはつが娘に言う。

「うん」

おなみはこくりとうなずいた。

「なら、舌だめしを」

音松は一つつまんで口中に投じた。

紀州の梅に比べたら遜色はあるかもしれないが、なかなかの味わいの甘露梅だった。

「ああ、これなら玉の梅に使えるだろう」

音松は笑みを浮かべた。

「ほんと？」

おはつの顔が輝く。

「日にそうたくさんはできないが、紀州土産として出すことにしよう」

音松はきっぱりと言った。

「そりゃあ、楽しみが増えるね」

隠居がまた笑みを浮かべた。

六

翌日――。
音松は巳之作とおすみに手ほどきをしながら、まず玉の梅をつくった。

日に二十個かぎりだが、満足のいく出来になった。

「昨日は寄れなかったから、いくつか持って花月堂へ行ってくるよ」

音松はおはつに言った。

「分かったわ。残りの玉の梅はすぐ売れると思うけど」

おはつは答えた。

「玉の浦は手間がかかるから、またいずれだな」

包みを提げた音松が言った。

「そのうち、じっくりね」

おはつは笑みを浮かべた。

音松が花月堂へ姿を現すと、あるじの三代目音吉をはじめとしてみな大いに歓迎してくれた。

「そうか。昨日帰ってきたのか」

花月堂のあるじが言った。

「はい。数が少なくて相済みませんが、紀州で考え出した玉の梅という菓子をお持ちしました」

音松は包みを解いた。

「甘露梅にかぎりがあって、あいにく五個しかお持ちできなかったのですが」

そう断る。

「なら、大事に味わいながら舌だめしをしないとな」

三代目音吉が笑みを浮かべた。

おかみのおまさ、番頭の喜作、いずれ四代目になる長男の小吉《こきち》、それに、看板娘になったおひなが一つずつ舌だめしをすることになった。

「梅餡にしたのがちょうどいいな」

まず三代目音吉が言った。

「ほんと。ちょうどいいお味」

おまさも和す。

「初めは白餡だったんですが、ちょっと甘すぎるかなと」

音松は答えた。

「なんだか大人の味。おいしい」

おひなのほおにえくぼが浮かんだ。

「これは深いです」

小吉が感心の面持ちで言った。

「紀州まで行った甲斐があったねえ」

番頭の喜作が笑顔で言った。

「ありがたく存じます。またほかの菓子ができたら、舌だめしをお願いいたします」

音松はていねいに頭を下げた。

「この調子で、気張ってやりなさい」

師が励ましの言葉を送った。

「はい、ありがたく存じます」

はつねやのあるじは重ねて頭を下げた。

七

その後、玉の浦も完成した。

「初めは豆を入れたんだが、大きすぎて見た目が芳しくなくてね」

音松は失敗談を披露した。

「なるほど、それで寒梅粉で金銀の砂を」

おはつがうなずいた。

「ほんとにきれいです」

おすみが瞬きをする。

「それから、初めは青い錦玉羹だけだったんだが、殿の助言もあって、小豆羊羹と合わせることにしたんだ。これでずいぶんと奥行きが出た」

音松は菓子を指さして言った。

「金銀の砂が星みたいに見えます」

巳之作もおすみと同じように瞬きをした。

「小豆羊羹が暗くなった磯、錦玉羹は星が瞬く空。見えないはずの海までありありと浮かんでくる、磯に打ち寄せる波の音まで聞こえるかのようだと殿からおほめの言葉をいただいた」

音松は得意げに言った。

「それは何よりねえ」

おはつがしみじみと言った。

「では、さっそくあきない物に」

おすみが水を向けた。

「そうだね。お客さんに喜んでいただければいいんだが」

玉の浦を苦労してつくりあげた菓子職人が言った。


その日は、仁明寺の二人の尼僧がのれんをくぐってくれた。

「ご主人がお戻りだと聞いたものですから」

長床几に腰を下ろした大慈尼が言った。

谷中の町は狭いから、うわさはすぐに伝わる。

「やっと戻って、紀州で思案した菓子をお出しできるようになりました。これは玉の浦と名づけた菓子でございます」

音松はうやうやしく皿を置いた。

「どうぞ」

おはつが茶を出す。

「美しゅうございますね」

泰明尼が目を瞠った。

「紀伊玉浦の磯から見る夜空という感じでつくらせていただきました」

音松が笑みを浮かべた。

「ああ、とりどりの星が瞬いております」

「食べるのがもったいないほどで」

二人の尼僧が言った。

「どうぞお召し上がりくださいまし」

音松はさりげなく手つきをまじえた。

「では、じっくりと味わわせていただきましょう」

大慈尼が黒文字を手に取った。

「ええ」

泰明尼も続く。

尼僧たちの評判は上々だった。

「まず目で見て楽しんで、舌でも楽しめるお菓子ですね」

「ほんに、餡の甘みがちょうど良くて、舌ざわりも良くて」

「言うことなしですね」

大慈尼も泰明尼も笑顔で言った。

「ありがたく存じます」

音松は一礼した。

「あっ、お母さんが」

大慈尼がきなこを指さした。

鈴の音を涼やかに立てながらきなこが姿を現した。

少し遅れて、二匹の子猫もついてきた。おもちとだんごだ。

「仲がいいこと」

泰明尼が笑う。

「うちの里子は達者にしておりますでしょうか」

おはつがたずねた。

「ええ、もう寺の主《ぬし》のようで」

「庭でのんびりと昼寝をしておりますよ」

　尼僧たちが答えた。

「ところで、名は何と？」

　まだ聞いていなかったから、音松がたずねた。

「ゆかり、と名づけました。縁という字は『ゆかり』とも読みますので。縁あって頂戴した猫ですから」

　大慈尼はそう言うと、残りの玉の浦を胃の腑に落とした。

「それは、いいお名をいただきました」

　音松が笑みを浮かべた。

「ゆかりお姉ちゃんは達者に暮らしてるって」

　遊びはじめたおもちとだんごに向かって、おはつが言った。

「そうそう、そのうち『おもちとだんご』を相盛りにしてお茶をつけた子猫膳を出そうかという話をしてたのよ」

　おはつが音松に告げた。

「おっかさんにちなんで、どちらもきなこか？」

母猫のほうをちらりと見て、音松が問うた。

「おもちは安倍川でいいと思うけど、どちらもきなこだと飽きちゃうから、だんごは餡とみたらしで」

おはつが案を示した。

「ああ、それならいいかもしれないな」

音松は答えた。

おもちとだんごは追いかけっこに夢中だ。その様子を、やれやれという顔つきできなこが見ている。

「おもち、だんご」

おなみが出てきて声をかけた。

子猫たちの動きが止まる。

「いい子ね」

わらべが笑みを浮かべた。

名付け親だと知っているわけでもあるまいに、二匹の子猫はほぼ同時に口を開けて、

「みゃあ」

と、ないた。

あるじが戻り、猫が増えたはつねやに、おのずと和気が漂った。

終章　再びの見本市

一

柿の実がだんだんに色づいてきた。

「うちの干し柿はうめえからよ」

田端村からやってきた長兄の正太郎《しょうたろう》が言った。

「菓子に使うんなら、多めにつくっといてやろう」

次兄の梅次郎《うめじろう》が笑みを浮かべた。

わらべ向きの松葉焼きには、甘藷から抽出した水飴を用いる。音松の郷里の田端村から二人の兄が折にふれて届けてくれるから、大いに助かっていた。

「ああ、助かるよ。甘い柿の実も欲しいんで、そのうちおなみの顔を見せがてら田端村へ行くから」

音松は表で猫じゃらしを振っているおなみを指さした。

「そりゃあ、おとっつぁんもおっかさんも大喜びだ」

正太郎が白い歯を見せた。

「うちの庭にも木があるから、いくらでも持って帰りな、竹」

梅次郎が言った。

師匠の音吉の「音」をもらって音松と名乗っているが、本名は竹松だ。二人の兄はむかしからの名で呼ぶ。

「柿羊羹に柿大福。そのうち柿づくしになるよ」

音松は言った。

生の柿の実を使う柿大福は、つくり方を思案しただけで実物はまだだが、ともあれ餡に加える陳皮を入手するめどはつけておいた。おすみの実家は薬種問屋の山海堂だ。薬にも用いる陳皮を仕入れることができる。

「まずは、松葉焼きをたくさんつくって売りますんで」

巳之作が言った。

「おう、たくさん売ってやんな」

「わらべが喜ぶと思ったら、水飴のつくり甲斐があるぜ」

田端村の二人の兄が言った。

「松葉焼きはこの子も大好物で」

おはつが出てきて娘のほうを手で示した。

「一日十文くらいもらわねえと」

巳之作が戯れ言を飛ばす。

「はい、どっちが取れるかな?」

おなみは子猫たちの相手に夢中だ。

紐のついた棒を振ると、おもちとだんごが代わるがわるに跳んでつかもうとする。

「あっ」

おなみが声をあげた。

「取られちゃったね」

おはつが笑った。

おもちが素早く猫じゃらしを奪い、口にくわえて逃げ出していった。

「まてえ」

おなみとだんごが追う。

母猫のきなこも少し追いかけたが、すぐあきらめて前足であごのあたりをかきだした。

しゃらしゃら、と鈴が鳴る。

「猫もいいな」

正太郎が言った。

「うちは鼠が出るようになってよう」

梅次郎が顔をしかめた。

「なら、次に子が生まれたらもらっておくれよ」

音松が水を向けた。

「またお産をするでしょうから」

おはつが和す。

「おう、そうするか」

「鼠を捕るためなら、おとっつぁんとおっかさんも文句は言わねえだろう」

二人の兄が答えた。

こうして、早々と次の子猫のもらい先が一つ決まった。

二

翌日は秋晴れになった。

長床几には習い事帰りの娘たちが陣取り、猫たちを愛でながら子猫膳を楽しんでいた。

「べつに猫なしでこれだけをいただいてもおいしいですな」

座敷に座った男が言った。

戯作者の百々逸三だ。

「安倍川餅に餡とみたらしの団子。それに、あたたかいお茶。まるで本街道のような膳です」

もう一人の総髪の男が笑みを浮かべた。

俳諧師の中島杏村《なかじまきょうそん》もはつねやの常連の一人だが、今日は百々逸三とともに大事な用向きで訪ねてきていた。

昨年、菓子の見本市を催し、好評を博した。ついては、今年もやりたいから、ぜひ出店と実演をお願いしたいという用向きだった。

去年は秋の彼岸の三日間だった。今年も初めのうちはそのつもりだったが、会場となる薬研堀《やげんぼり》の松屋が少し普請を行うため、暮れに延ばすことになった。べつの場所を探すという手もあったが、勝手知ったる松屋のほうが厨の使い勝手がいいし、何より義理がある。期間は三日だとだいぶ見世を空けなければならないから、二日間ということになった。

「暮れだとあたたかいお汁粉などもいいかもしれませんね」

おすみが言った。

「大福餅は普段から売り歩いてるから」

巳之作が少し思案げに言った。

おはつはおなみの守りがあるし、猫が増えたからえさもやらなければならない。

そこで、見本市には音松のほかに巳之作とおすみが行くことで相談がまとまった。

「あとは実演ですね」

百々逸三が言った。

「まだ時があるので、じっくり思案させていただきます」

引き締まった表情で、音松が答えた。

「思い出の菓子づくりのほうは？」

中島杏村がたずねた。

「ええ。今回もできればやらせていただければと」

音松は答えた。

記憶があいまいだが、どうしてももう一度食べたい。

そんな客の思い出の菓子をつくることによって、また新たな縁がつむがれていく。

菓子職人冥利に尽きる仕事だ。

「なら、また幟を出さないと」

おはつが言った。

思ひ出の菓子　つくり〼《ます》

かつてはそんな幟が出され、ぽつぽつとだが頼みの客も来た。音松が紀伊玉浦に赴いたのをしおにいったんしまったのだが、見本市でもやるのならまた出さずばなるまい。

「はは、にぎやかですな」

百々逸三が笑って湯呑みを置いた。

長床几の娘たちが猫たちとたわむれる声が響いてくる。

「何よりですよ」

俳諧師が笑みを浮かべた。

「では、そんなはつねやさんにちなんで一句」

戯作者が水を向ける。

「いきなり振りますね」

中島杏村が苦笑いを浮かべた。

「ぜひともお願いいたします」

おはつが頭を下げた。

「短冊をお持ちしますので」

おすみが手回しよく言った。

ややあって、支度が整った。

「では……はつねやさんの猫は同じ色と柄ですが、谷中の猫ということで」

俳諧師はそう断ってから、やおらうなるような達筆でこうしたためた。

錦秋や猫の模様もとりどりに　　杏村

三

「てっきりこれも作り物かと思ったよ」

隠居の惣兵衛が笑みを浮かべた。

「練り切りでこしらえようと思えばできますからね」

花月堂の番頭の喜作が指さしたのは、柿のへただった。

「やっぱり本物のほうが柿らしく見えますから」

音松が言った。

試作した柿大福を座敷の客に出したところだ。だれかに舌だめしをと思っていたら、ちょうどいい具合に隠居と番頭がのれんをくぐってくれた。

「中にも柿が入ってるんだね？」

喜作が問うた。

「ええ。柿の実を刻んで砂糖と白餡を加えて煮た柿餡がたっぷり詰まっています」

はつねやのあるじは笑顔で答えた。

柿の実が熟れるころになったから、先だって嚢を背負って田端村まで出かけてきた。家族はみな達者だった。見世もあるからおなみはまたの機にということになったが、甘い柿を存分に調達することができた。さっそくそれを使って柿大福をつくったところだ。

「色もつけてあるのかい？」

今度は隠居がたずねた。

「日の光に照らされている柿の実の感じを出したかったので」

音松は答えた。

「それにへたを載せると、本物の柿みたいだねえ」

花月堂の番頭がうなった。

「次は舌だめしを」

おはつがうながした。

「ああ、いただくよ」

「香りだけでもいい塩梅だ」

二人の常連はそう言って大福を手に取った。

どちらの評判も上々だった。

「もっと甘いかと思ったら、ちょうどいい味だね」

隠居が笑みを浮かべた。

「これはあとを引きますね、ご隠居さん」

喜作も和す。

「柿の実が入ってるのもいい」

「かみ味が変わりますからね」

「これなら大人もわらべも喜ぶよ」

「見本市で好評を博すでしょう」

舌だめしをした二人は太鼓判を捺した。

「ありがたく存じます。では、見本市に出させていただくことにしましょう」

音松が言った。

「柿大福と玉の浦の二枚看板で」

おはつが指を二本立てた。

四

「じゃあ、行ってらっしゃいって」

おはつがおなみに言った。

おなみが笑みを浮かべた。

「行ってらっしゃい」

「よく言えたな。いい子にしてるんだぞ」

音松は娘の頭に手をやった。

いよいよ菓子の見本市が始まる。これから巳之作とおすみとともに薬研堀の松屋へ出かけるところだ。

「うん」

おなみは小さくうなずくと、今日は座敷でくつろいでいるおもちとだんごを見た。

「ねこは行かないの？」

突拍子もないことを口走る。

「見本市に猫がいたらびっくりだよ」

巳之作が笑う。

「一緒にお留守番ね。えさとお水もあげてね」

おはつが言った。

「うんっ」

おなみは力強くうなずいた。

菓子の見本市の顔ぶれは昨年とほぼ同じだった。

ただし、同じ谷中の老舗で、はつねやを快く思っていなかった伊勢屋は出店を見合わせていた。もともとあまり乗り気ではなかったから、世話人に断りを入れたのもうなずけるところだった。昨年の見本市ではつねやのほうが人気だったのも面白くなかったかもしれない。

　代わりに加わったのは、上野広小路《ひろこうじ》の京屋《きょうや》という菓子舗だった。京で修業してから見世を開いたというあるじの卯之吉《うのきち》は仕事熱心な男で、はつねやの柿大福に注目してさっそく質問してきた。

「へたを使うのはいい思いつきですね。これだと柿にしか見えません」

　京屋のあるじが言った。

「へたを練り切りでつくろうかとも思ったんですが」

　音松が答える。

「食べられるへたか、本物のへたか。どちらにするか悩ましいところですね」

　卯之吉が笑みを浮かべた。

「これから見えるお客さんにも訊いてみたいと思います」

　音松は張りのある声で答えた。

　柿大福と玉の浦。はつねやの新たな菓子は、ほかの菓子屋の目を惹《ひ》いた。品を並べているときからしきりに声がかかった。

「前に舌だめしをしたのは玉の梅だったが、これも美しい仕上がりじゃないか」

三代目音吉が言った。

「はい。玉の梅はもう甘露梅が乏しくなってきて数をお出しできないものですから」

音松は答えた。

「玉の浦は棹菓子だから見せ方がむずかしいが、こうやって切ったものを見場《みば》よく小皿に盛っておけば、お客さんにも親切だね」

花月堂のあるじが指さす。

「お望みの方には、黒文字を添えて、舌だめしをしていただこうかと」

音松は手で示した。

「それは太っ腹だね」

隣で銘菓の梅が香《か》餅を並べながら、紅梅屋のあるじの宗太郎《そうたろう》が言った。

「よろしければ、ひと切れどうぞ」

音松が言った。

「えっ、いいのかい」

「はい、多めに仕込んでまいりましたので」

はつねやのあるじは笑顔で答えた。

こういう成り行きで、老舗のあるじが次々に舌だめしをしてくれた。

「餡の加減がちょうどいいね。見た目も美しい」

紅梅屋のあるじが目を細くした。

「磯の音が聞こえる夜空か。たしかにそこまでよく表されているよ」

三代目音吉も満足げに言った。

「これは学びになりますね。見て良し、食べて良しです」

かつて腕くらべで勝ち抜き、紀伊玉浦藩御用達の菓子屋にもなった鶴亀堂のあるじの文吉が感心の面持ちで言った。

いくらかは世辞も入っているかもしれないが、手だれの菓子職人の言葉は実にありがたかった。

「ありがたく存じます。励みになります」

音松は深々と頭を下げた。

ここで世話人が姿を現した。

「では、そろそろお客さんを入れますので、どうかよしなに」

百々逸三のよく通る声が響く。

「はい、承知で」

音松の表情が引き締まった。

五

「はい、本物そっくりの柿大福ですよー」

巳之作の明るい声が響いた。

「へたは本物ですから、食べないでくださいまし」

おすみが笑顔で言う。

「紀伊玉浦の銘菓、玉の浦もあります」

「二つの羊羹を合わせた美しい銘菓ですよー」

若い二人の調子のいい売り声に誘われて、客が次々にはつねやの出見世を訪れた。

「中にも柿が入ってるのかい？」

客が問うた。

「はい。刻んだ柿の実が入った餡がたっぷり詰まってますんで」

巳之作がすぐさま答える。

「玉の浦の舌だめしもどうぞ」

おすみが黒文字に刺したものを差し出す。

「おう、気前がいいね」

客がさっそく舌だめしをする。

「ああ、これは深い味わいだね」

「棹菓子になっておりますので、要り用な分だけお切りして量り売りをさせていただきます」

好評に応えて、おすみがすかさず小ぶりの天秤ばかりを手で示した。

「あきないがうまいね。なら、半棹もらおうか。柿大福も一つ」

客は笑顔で言った。

「ありがたく存じます」

「お包みしますので」

おすみと巳之作の声が弾んだ。

若い二人が売り役をつとめてくれているから、音松は安んじて実演に集中することができた。

練り切りは四季おりおりの風物を表すことができるが、音松が選んだのは玉菊だった。玉の浦も売り物にしているから、「玉」が響き合う。

着色した生地で餡を包んでから三角棒を巧みに用い、菊に見立てていく。できあがったら、三角棒の先に黄色の生地をつけて花弁を表す。

さらに、薄緑の葉をかたどった生地を添え、竹べらで葉脈の筋をつけて仕上げる。

菓子職人の手わざが光る美しい練り切りだ。

「うまいもんだねえ」

「手妻を見ているみたいだ」

見物していた客がうなった。

柿大福と玉の浦ばかりでなく、練り切りの玉菊もつくる端から売れていった。

菓子市の初日、はつねやはほかのどの見世よりも早くすべての品を完売した。

六

二日目は早起きをして、大車輪で仕込みを行った。

それでもつくれる数にはかぎりがある。初日よりいくらか多いくらいだった。

「今日も早々に売り切れますかね」

巳之作が始まる前に言った。

「売り切れたら、おまえが練り切りの実演をやるか？」

音松が水を向けた。

「いやあ、それはやめときます」

若者は髷に手をやった。

おすみもあえて勧めはしなかった。むかしより腕が上がったとはいえ、音松には
まだ太刀打ちできない。

二日目には「思い出の菓子」を所望する客が来た。

名前は分からないが、伊勢参りのときに食べたあんころ餅が忘れられないので、

もう一度食べたいという話だった。

それなら分かる。五十鈴川のほとりの茶見世で売られていた赤福餅だ。

前回も出ていた八福堂の八福餅は、赤福餅とよく似ていた。あんころ餅は日の本じゅうでつくられているから、似ることもある。さっそく客に八福餅を紹介すると、舌だめしをした客は当時のことを思い出し、涙を流して喜んでいた。

「この分だと、柿大福はまた早々に売り切れそうだな」

顔を出した三代目音吉が言った。

「はい、ありがたいことで」

練り切りをつくりながら、音松が答えた。

「お客さんの分が一つ減るが、おひなが買ってきてくれと言うんだ」

花月堂のあるじが少しすまなそうに言った。

「ようございますよ。一つでよろしいので？」

音松は問うた。

「たくさん買うわけにもいかないから」

三代目音吉は笑みを浮かべた。

「なら、うちも一つ。学ばせていただきたいので」

腰の低い鶴亀堂のあるじが指を一本立てた。

「ありがたく存じます。何よりのほまれです」

音松はていねいに頭を下げた。

柿大福ばかりでなく、玉の浦も大好評で、つくってきた分は早々に売り切れた。

練り切りの玉菊も、そのうち材料が尽きた。

はつねやの出見世は、一つも売れ残ることなく終了した。

七

「早起きしたから眠いけれど、無事終わってよかったよ」

はつねやに戻ってきた音松がおはつに言った。

「ご苦労さま。巳之作さんとおすみちゃんも」

おはつは労をねぎらった。

「さすがにちょっと疲れました」

巳之作は包み隠さず言った。

「でも、見本市に出てよかったです」

おすみが笑みを浮かべた。

「お客さんの相手は大変だけど、学びになるでしょう?」

と、おはつ。

「ええ。とっても学びになりました」

おすみはすぐさま答えた。

「なら、仕込みのきりがついたら、みなで湯屋へ行くか」

音松が言った。

「うん、行く」

おなみが真っ先に答えた。

菓子市のあと、松屋で軽い打ち上げがあった。そのせいで、谷中に戻るころには
もう日は暮れかかっていた。

「よし、なら、手分けして仕込みだ」

音松は手を打ち合わせた。

「へい、承知で」

巳之作がいい声で答えた。

豆を水に浸けるなどの仕込みをすべて終えるころには、もうあたりはだいぶ暗くなっていた。

「なら、お留守番ね」

おはつが猫たちに言った。

きなこと二匹の子猫は、いまは座敷で丸まって寝ている。ときどき喧嘩もするけれど、仲のいい猫たちだ。

「おるすばん」

おなみも言う。

表はもう閉めてあるから、みな裏口から出て湯屋へ向かった。

いい月が出ていた。

思わず見とれるほどの色合いだ。

「いい月ね」

おはつが言った。

「そうだな。ああいう菓子もつくりたいもんだ」

月を指さして、音松が言う。

「菓子づくりを忘れてくださいよ、師匠。菓子市は終わったんだから」

少しあきれたように、巳之作が言った。

「いや、この世のありとあらゆる景色が菓子づくりの師のようなものなんだから」

音松は言い返した。

「紀伊玉浦でたくさん学んできたしね」

おはつが言う。

「そうだな。美しい景色を見て、柿や梅や蜜柑などの恵みに触れると、また新たな菓子の想がわく。この世のあらゆるものが師なんだ」

はつねやのあるじはそう言って瞬きをした。

「そういう心持ちじゃないと駄目よ」

おすみが巳之作に言った。

「へえ、考えを改めまさ」

いくらかおどけた口調ながらも、神妙な面持ちで巳之作は答えた。

行く手に湯屋が見えてきた。

その屋根の上に懸かる月の色がひときわ濃くなる。

「ほんとに、いい月ね」

おはつが重ねて言った。

「お月さん」

おなみが無邪気に指さした。

「ああ、いい月だ」

光と風の国、紀伊玉浦でも、月をいくたびも見た。

それと同じ月を、いまこうして江戸の谷中で家族とともに眺めている。

そう思うと、月の色合いがほんの少しあたたかくなったような気がした。

［参考文献一覧］

仲實『プロのためのわかりやすい和菓子』（柴田書店）
中山圭子『事典 和菓子の世界 増補改訂版』（岩波書店）
山本博文監修『江戸時代から続く老舗の和菓子屋』（双葉社）
野崎洋光『和のおかず決定版』（世界文化社）
『一流料理長の和食宝典』（世界文化社）
『復元・江戸情報地図』（朝日新聞社）
日置英剛編『新・国史大年表 六』（国書刊行会）
（ウェブサイト）
日本のお菓子@あじわい
ippin（イッピン）
両口屋是清 公式オンライン
伊藤農園

深川屋
「歴史街道」ぶらり紀行
熊野市観光協会
熊野古道伊勢路
熊野本宮大社
那智黒総本舗
郷土料理ものがたり
ＪＡ紀州
和歌山県
和歌山県公式観光サイト
オリーブオイルをひとまわし
芋屋金次郎
御菓子司　彩雲堂
紀州梅の里なかた
日本の食べ物用語辞典
惣兵衛オンラインショップ

TSURI HACK
手前板前
上生菓子図鑑
くらさか風月堂（フェイスブック）
クックパッド
E・レシピ
キユーピー3分クッキング

この作品は書き下ろしです。

光《ひかり》と風《かぜ》の国《くに》で

お江戸《えど》甘味処《かんみどころ》 谷中《やなか》はつねや

倉阪《くらさか》鬼《き》一郎《いちろう》

令和3年12月10日　初版発行

発行人――石原正康
編集人――高部真人
発行所――株式会社幻冬舎
〒151-0051東京都渋谷区千駄ヶ谷4-9-7
電話　03(5411)6222(営業)
　　　03(5411)6211(編集)
振替00120-8-767643
印刷・製本―中央精版印刷株式会社
装丁者――高橋雅之

幻冬舎時代小説文庫

ISBN978-4-344-43150-8　C0193　く-2-10

幻冬舎ホームページアドレス　https://www.gentosha.co.jp/
この本に関するご意見・ご感想をメールでお寄せいただく場合は、
comment@gentosha.co.jpまで。